남겨두고 싶은 순간들

남겨두고 싶은 순간들

박성우 시집

창비

차
례

제1부

제2부

제4부

제 1 부

빈틈

그대에게 빈틈이 없었다면
나는 그대와 먼 길 함께 가지 않았을 것이네
내 그대에게 채워줄 게 없었을 것이므로
물 한모금 나눠 마시며 싱겁게 웃을 일도 없었을 것이네
그대에게 빈틈이 없었다면

도시락 소풍

강물 위로 뭉게구름 지나간다 버드나무와 감나무 사이로 물까치떼 오간다

유년 시절 내내 같은 교문을 드나들던 내 친구 종대와 나는 어찌자고 또 강변 느티나무 그늘 아래 붙어 앉아 도시락을 먹는다 유년의 교실과 칠판 낙서와 긴 복도와 벚나무 아래 그네와 풍금 소리까지 죄다 꺼내놓고 종대가 싸 온 도시락을 나눠 먹는다 혼자 밥을 먹지 않아도 되는 내 친구 종대가 혼자 밥을 먹어야 하는 나를 위해 들고 온 도시락, 커피에 얼음까지 챙겨 왔어? 도시락을 다 먹은 종대와 나는 아이스커피를 들고 상수리나무 그늘이 찰랑이는 바위에 올라앉아 강물과 뭉게구름과 물까치떼를 바라보다가,

빈 도시락이 뛰는 가방을 메고 징거미 잡으러 가는 소년이 된다

남겨두고 싶은 순간

시외버스 시간표가 붙어 있는
낡은 슈퍼마켓 앞에서 사진을 찍었다

오래된 살구나무를 두고 있는
작고 예쁜 우체국 앞에서 사진을 찍었다

유난 떨며 내세울 만한 게 아니어서
유별나게 더 좋은 소소한 풍경,

슈퍼마켓과 우체국을 끼고 있는
버스 정류장 의자에 앉아 사진을 찍었다

아, 저기 초승달 옆에 개밥바라기!

집에 거의 다 닿았을 때쯤에야
초저녁 버스 정류장에
종이 가방을 두고 왔다는 걸 알았다

돌아가볼 방법이 아주

없는 건 아니었으나 곧 단념했다

우연히 통화가 된 형에게
혹시 모르니 그 정류장에 좀
들러달라 부탁한 건 다음 날 오후였다

놀랍게도 형은 가방을 들고 왔다
버스 정류장 의자에 있었다는 종이 가방,
안에 들어 있던 물건도 그대로였다

오래 남겨두고 싶은 순간이었다

백련 백년

꽁꽁 언 연못 위로 눈이 내린다

너와 나는 연못으로 들어가
얼음을 지치다가 눈을 뭉친다

꾹꾹 누른 눈 뭉치를 던지는 일로
서로에 대한 애정을 증명한다

그것은 우연이 아닐지도 모른다

눈 뭉치를 들고 서 있는 내게
너는 문득 눈 뭉치를 들고 다가왔다

너는 내가 들고 있는 눈 뭉치 위에
네가 들고 온 눈 뭉치를 올렸다

눈 뭉치는 눈싸움이 될 수도 있고
큰 싸움이 될 수도 있고
작고 예쁜 눈사람이 될 수도 있다

살 비비고 식는 사랑은 사랑 아니다

너와 내가 다시 찾은 연못엔
막 피어난 백련이 둥글고 뜨겁게 하얗다

둥근 연잎 위에 둥글게 쌓인 햇볕

너는 양손으로 끌어모은
햇볕 한뭉치를 연꽃잎 위에 올려
둥글고 하얗게 나를 흔든다

백련이어도 좋고 백년이어도 좋겠다
이게 사랑이라면

청보라

지난 겨울밤, 나는 물었고 딸애는 대답했다

규연이는 무슨 색깔이 좋아? 응, 청보라
청보라는 새벽에 별이 깔려 있는 색깔이라 좋아

도라지꽃을 보여줘야겠다고 생각하던 밤이 떠올라
나는 칠월 도라지꽃밭으로 딸애를 데리고 갔다

봐, 도라지꽃에도 청보라가 있지?
도라지꽃 꽃말은 영원한 사랑이래
와, 예쁘다 정말 청보라네
아빠 근데, 사랑은 원래부터 영원한 거 아니야?

나는 청보랏빛 도라지꽃을
보여주었을 뿐인데
너는 청보랏빛 별에 닿기도 하고
청보랏빛 별 전구를 켜기도 하겠지
그러다가는 또 새벽하늘에
청보라 도라지꽃을 끝없이 피워두기도 하겠지

그래, 사랑이란 원래부터 끝이 없어야 할 테니까

잠이 아주 멀어진 늦여름 새벽,
청보랏빛 별 마당에 돗자리 깔고 누워
'새벽에 별이 깔려 있는 색깔'을 올려다본다

청보라 도라지꽃, 같은 말을 떠올려보다가
청보라 도라지꽃 꽃말 같은 사랑을 깜빡거려본다

어떤 대답

우시몬 할아버지는 내가 이십대 초반에
소록도에서 연을 맺은 할아버지다

소록도에 닿으면
이앙즈요셉 수녀님과 함께
할아버지를 뵈러 가곤 했는데
얼마나 반가워하셨는지 모른다

내가 따르던 우시몬 할아버지는
앞을 전혀 보지 못하셨지만
내가 일년 만에 찾아뵙든
일년을 훌쩍 넘겨 찾아뵙든
인사하는 내 목소리만 듣고도
단박에 나를 알아보시곤 했다

우리는 주로 성당 앞 벤치에 앉아
서로의 안부를 물으며
도란도란 얘기를 나누었다 때론
할아버지 숙소까지 따라 들어가

놀다 오기도 했는데
귤이나 빵 같은 걸 나눠 먹으며
노닥노닥 시간을 보냈다 언젠가는
고장이 난 라디오를 끙끙, 손봐드린 적도 있다

안녕하세요 할아버지, 인사하는
내 목소리만 듣고도 아, 박성우!
단박에 나를 알아보시곤 하던 우시몬 할아버지,
한번은 하도 궁금해서 여쭤본 적이 있다
앞이 하나도 안 보이실 텐데 매번
어떻게 나를 단박에 딱 알아보시는지

어떻게 알긴, 내가 아침저녁으로
자네를 위해 기도하니까 알지!
하루도 안 빼먹고 날마다 기도하니까 알지!

할아버지는 아무렇지 않게 웃으셨고
나는 아무렇지 않게 웃을 수 없었다

안부

한 이십년 가깝게 지냈던 후배가
먼 곳으로 이사를 하게 되었다

딱히 해줄 게 없던 나는
야생화 농장을 하는 지인을 찾아가
벌개미취와 구절초 모종을 구했다
이거는 심어놓기만 하면 잘 살아요,
이년생인지 삼년생인지 하는
모종을 차에 싣고 후배 집으로 간 날은
아직 날이 찬 봄이었다

어때, 적응은 좀 했어?
후배가 터를 옮긴 곳은 도심 근교였고
앞마당도 뒷마당도 어지간히 넓어 보였다
후배와 나는 도란도란 꽃모종을 했고
얼추 정리가 된 집에서 고기도 구웠다

더 자주 연락하자고,
비록 멀리 떨어지게 되었지만

더 가깝게 지내자고,
우리는 몇번이나 말을 주고받았던가

나는 곧 후배를 잊고 지냈고
후배도 별다른 연락을 해오지 않았다

그러던 어느 날이었다
형, 벌개미취꽃이 피었어요
형, 구절초꽃도 곧 필 거예요,

우리는 일년에 한두번은 연락하는 사이로
지낼 수 있게 되었고
후배도 제법 단단한 뿌리를 내린 눈치였다

피아노

한때 나는 이 가족의 기쁨이었다
일곱살 아이는 나를 신기하게
바라보다가 바짝 다가와 앉았다
건반 위에 올린 손은 작고 예뻤고
아이의 엄마 아빠는 마냥 뿌듯한 듯
아이의 표정을 살피면서 나를 만졌다

규연아, 체르니 몇 번 쳐?
책을 보거나 빨래를 개던 아이의 아빠는
악보를 따라 연신 뚱땅거리는
아이의 머리를 쓰다듬고 가고는 했다
애니메이션 영화를
보러 간다고 떠들썩하던 날은
늦은 저녁에야 불이 켜졌다

누구에게나 한때의 절정은 있다
아이가 「겨울왕국」에 나오는 노래를
능숙하게 연주하던 어느 봄날의 휴일은
유독 온 가족이 행복해 보였고

나조차 설레어서 오래 들떠 있었다
그러나 내 기쁨은 거기까지였다
한해가 다르게 커가던 아이는
학교와 학원을 오가느라 바빠졌고
머지않아 내 존재 자체를 잊었다

내 머리 위에는 액자와 양초, 급기야는
수건에 양말까지 놓였다
먼지가 수북해도 아무도 신경 쓰지 않았고
주위에 책이며 잡동사니가 늘어갔다
외롭다는 생각은 어디에서 오는 걸까,
아이의 아빠는 혼잣말인 듯 말했고
중학생이 된 아이는 별말이 없었지만
나는 곧 대답해줄 수 있을 것만 같았다

오후 세시

오후 세시가 좀 넘은 나른한 시간이었다

덜커덩덜커덩
창문 흔들리는 소리가 들려왔다
뭐지? 처음 보는 고양이가
창틀 위에 올라서서 방충망을 흔들고 있었다

먹을 걸 내놓으라는 건가? 나는
당돌한 고양이에게 멸치 한줌을 내주었다
고양이는 배가 어지간히 고팠던지
어떤 경계심도 없이 멸치를 먹어치웠다
그러더니 다시 창틀 위로 뛰어올라
앞발을 들고는 방충망을 흔들어댔다

더 달라는 건가? 딱히 다른 걸
내줄 게 없던 나는 조금 전에
멸치를 올려주었던 접시에
다시 멸치 한줌을 올려주었다

고양이는 다음 날에도 그다음 날에도
오후 세시를 전후해 찾아와
똑같은 방식으로 나를 불러댔다
미안하다 야옹아, 여전히 나한테는
너에게 내줄 만한 생선 토막이 없구나
번번이 내가 먹던 싱거운 국물이나 맹물에
밥 두어숟가락 넣고
멸치 몇을 섞어 내주고는 했다

고양이는 매번 별 투정 없이
내가 내주는 밥을 말끔히 비우고 갔지만
모처럼 읍내에 일 보러 갔다 오는 길에
비린 것을 사 오지 않을 수는 없었다

오후 세시가 되려면 얼마나 남았지?
고양이는 내게 물었고 나는 그저 씩 웃으면서
생고등어구이를 기꺼이 내주었다

녹색어머니회

녹색어머니회 모자를 쓴다
녹색어머니회 노란 조끼도 입는다
호루라기 한번 불어볼까,
녹색어머니회 깃발을 들고
딸애와 함께 서둘러 학교로 간다

여기가 아빠 자리야,
창피하게 하지 말고 잘해!
학교 정문 앞쪽에서
내 자리를 알려준 딸애는
교문 안으로 뛰어 들어가더니
오른손을 번쩍 들어 흔들어댄다

안녕하세요, 인사하고 가는
저학년 아이들은 예쁘고 씩씩하다
엄마 손을 잡고 등원하는
병설 유치원 아이들은 마냥 귀엽다
삼삼오오 짝지어 오는
고학년 아이들의 걸음엔

여유가 있다 얼마나 애쓰세요,
처음 뵈는 딸애 담임선생님과
얼결에 다정한 인사를 나눈다

엄마는 바쁘잖아!
딸애는 처음부터 엄마가 아니라
나한테 녹색어머니회를 하라고 했다
아빠, 자꾸 장난칠 거야?
깃발을 그렇게 막 흔들면 어떡해,
녹색어머니회 엄마들이 하던 걸
아침마다 봤을 딸애한테서
길고 진지한 사전 교육을 받았다

드디어 등굣길 교통안전 활동을 마친다
큰 건널목 담당 녹색어머니회와
세탁소 삼거리 담당 녹색어머니회
엄마들과 인사를 나눈다 생애 처음
교장 선생님께 칭찬을 받고서 집으로 간다

방문

결혼한 뒤로 서울과 아랫녘을 오가며 살고 있다 서울은 아내와 딸애가 있어서 좋고, 아랫녘은 내 유년 시절과 노모와 작은 작업실이 있어서 그만이다 길 건너 미용실에서 머리를 깎고 아파트로 들어설 때였다 경비 어르신이 나를 불렀다 다음 주까지만 일하고 그만두게 되어서 얼굴을 본 김에 인사라도 하시겠다는 거였다

나를 부른 경비 어르신은 우리 아파트에서 십여년 동안 함께했는데, 지금은 '경비대장 조경민'이라는 이름표를 왼쪽 가슴에 달고 있다 우리는 손을 잡고 오래 서 있었던가 인사를 마치고 엘리베이터를 타고 올라가다가 다시 1층을 눌렀다 일흔 초중반 어르신이 드실 영양제 한통 주세요, 나는 집으로 들어가지 않고 약국엘 들렀다 왔다

똑똑, 106동 앞에 있는 경비실 문을 열고 들어갔다 원래 이렇게 좁았나? 경비실 안에서는 라면 냄새가 났다 어이쿠, 이렇게 드시고 어떻게 일을 하세요? 요새 입맛이 없어서 그래요, 나는 손에 들고 있던 것을 내밀면서 약사가 알려준 대로 아침 식사 후에 한알씩 드시라고 말했다 한번 안아봐도

돼요? 경비대장 조경민 어르신을 안아보았다 따뜻했다

　아내와 딸애에게 경비 어르신 얘기를 꺼내니 둘 다 서운
한 마음을 드러냈다 참 좋으신 분인데 어떡하지, 그 할아버
지는 나랑 내 친구들이 몇 호에 사는지까지 다 알아, 하지만
그게 다였다 우리는 곧 경비 어르신에 대해 어떤 얘기도 하
지 않았다 며칠 뒤, 딸애가 학원에 갔다 돌아온 지 얼마 안
돼 초인종이 울렸다 문을 열어보니 조경민 어르신이었고,
손에는 쿠키 한 상자가 들려 있었다

어떤 예의

오랜만에 시내에서 주말 약속이 생겨
경찰청 앞을 지나는 토요일 오후였다

아빠와 함께 나온 듯한
사내아이 둘이 앞서 걸어가고 있었다

까불까불 걷던 아이들은
힐끗힐끗 고개를 돌려보는가 싶더니
경찰청 정문을 지키고 있던 경찰을 향해
거수경례인 듯 목례인 듯
천진난만한 표정으로 키득키득, 인사했다

귀엽군, 지나가려는데

경찰청 정문 옆에 서 있던 경찰 하나가
재빨리 차렷 자세를 취하고는
장난기 가득한 아이들을 향해
세상에서 가장 엄격한 동작으로
경례를 붙여주고 있었다

목소리 예술

지난해 11월 7일, 밤 열한시가 좀 못 된 시간이었다 성북구청 근처 순댓국밥집 2층에 있던 목소리예술실험실에서 '젊은 시인의 다락방' 팟캐스트 녹음을 마치고 6호선 지하철을 타기 위해 보문역 2번 출구로 급히 들어섰을 때였다

빠른 걸음으로 계단을 타고 내려가는데 취객으로 보이는 중년 사내가 계단 중간에 쓰러져 있었다 취해 잠들었나? 날이 차서 큰일 나겠는데? 지나쳐 왔던 걸음을 멈추고 몸을 틀어 몇걸음 올라가 휴대폰을 꺼내니, 계단 입구에 있던 청년이 나를 향해 큰 소리로 말했다

112에 전화했어요 지금 기다리고 있어요!

구절초 피는 마을

구절초가 또 구불구불 고개를 넘어온다

수달이 헤엄쳐 건너던 강물을 건너
오소리가 굴을 파던 산모퉁이를 돌아
삵이 불쑥 튀어나오던 비탈길을 지나
외딴 강마을 언덕에 무더기로 닿는다

덩달아 마을로 쏠려 왔던 아침 안개는
강물 소리를 따라 굽이굽이 쏠려 나가고
네발나비를 앞세우고 온 구절초만
강마을 솔밭 자락에 남아 짐을 푼다

가늘고 긴 목 내밀고
무더기무더기 피어나는 하얀 구절초,
핫따, 그새 또 와부렀능가? 외딴 강마을
사람들은 논밭으로 안 나가고
강변 솔밭 아래로 몰려나와 차일을 친다

이제야 비로소 네댓날 쉬는 가을,

핫따매, 맛이라도 보잔께! 휘휘
기름 둘러 전 부치는 손은 분주하고
콩 갈아 두부 만드는 손길은 야무지다

김이 풀풀 올라오는 찜통을 열면
모시송편과 모시개떡이 마침맞게 익어 있다
올 가실에는 유독 구절초가 하얗네 잉,
막걸릿잔 나눠 돌리며 마른 목 축인다

이내 구절초는 구절재 넘어 돌아가고
외딴 강마을 사람들은 아무 일 없었다는 듯
구불텅한 논둑길 밭둑길 따라 일 나간다

관계

때론 사이가 너무 가까워져서
뭔가 불편하고 귀찮게 여겨질 때가 있다

나한테는 고양이님이 그렇다

시도 때도 없이 날 불러내는 고양이님은
오늘도 새벽 두시 넘어 대뜸 찾아와
어서 먹을 걸 내놓으라고 난리를 치신다

아, 그 많던 사료를 그새 다 드셨나?
아, 이번엔 그냥 못 들은 척할까?
긁적긁적 문 열고 나가 접시에
사료 한줌 올려드리고 들어오니
곧바로 안쪽을 향해 앙앙대신다
왜 그러시죠? 이딴 거 말고 그거!

얼른 나는 읍내 마트까지 가서 사 온
북어트릿을 성질부리시는 고양이님께 바친다
츄르도 까서 정중하게 짜드린다

저기, 이 정도면 되죠? 냠냠, 냥냥!

날렵하던 고양이는 어디로 갔을까,
통통한 살쾡이 같은 고양이님이
츄르를 먹다 말고 나를 쳐다보신다

너무 가까워진 사이가 영 마뜩잖을 땐
거리를 좀 두고 무던히 지내고 싶어진다

정읍 칠보우체국 우체부 셋

정읍 칠보우체국 우체부 셋은 칠보면과 산외면과 산내면의 우편물을 담당한다

김현기
박새가 우리 집 편지함에 알을 낳았다 우체부 김현기는 알을 까고 나온 새끼 박새가 온전히 커서 날아갈 때까지 매번 우편물을 창틈에 끼워 넣고 가거나 직접 전해주고 갔다

김천수
택배가 왔지만 나는 외부에 있었다 혹시라도 내릴지 모를 비를 수화기 너머로 걱정하던 우체부 김천수는 택배 상자를 방수지에 꼼꼼하게도 싸서 처마 밑에 모셔두고 갔다

최길영
어제는 폭설이 쳤고 나는 김개남 장군의 생가터를 찾고 있었다 마침 지나가는 우체부가 있어 길을 물었다 우체부 최길영은 오토바이로 눈길을 열어가며 앞장서 갔다

제 2 부

어떤 아침

월 화 수 목 금요일은
매일 같은 시간에 버스를 탄다

아침 여섯시 이십분에 마을 언덕에서
내려오는 마을버스를 타고
1호선 지하철역으로 간다

한데 오늘은 그만
여느 때와 달리 늦고 말았다

아, 나답지 않게 왜 이러지? 서둘러
버스 정류장으로 걷는 듯 뛰는 듯 가는데

브레이크 밀리는 소리와 함께
빠앙, 경적을 울리는 소리가 들려온다

늘 타던 마을버스 문이 열리고
얼른 타라는 기사님의 손짓이 이어진다

잠깐 자고 일어난 것 같은데

거실 소파에 누워
티브이를 보다가 깜빡 잠이 들었다

눈을 뜨고 보니
티브이는 꺼져 있고
내 몸에는 이불이 덮여 있다

아내는 연수받으러 가고 없는데
누구지?

유정란을 휴지에 싸서 부화시키려다
깨뜨리고 말던 유치원생 딸애는 그새
중학생이 되었다,

잠깐 자고 일어난 것 같은데

주말

샌드위치를 사서 가방에 넣고 마을버스를 탄다
금천구청 종합 청사 앞에서 내린 나는
금천구청역에서 청량리행 1호선 지하철을 탄다
이상하네, 오늘따라 왜 이렇게 사람이 많지?
독산, 가산디지털단지, 구로, 신도림 지나
영등포에서야 빈자리가 나서 자리에 앉는다

언제 잠들었지? 문득 눈을 떴을 때
지하철은 종로3가역에 막 닿고 있었다
신길, 대방, 노량진, 용산까지는 분명
눈만 감고 있었는데 남영이나 서울역 어디쯤에서
그만 깜빡 잠이 들고 만 모양이다
이를 어째? 종로3가역에서 재빨리 내려
다시 1호선 지하철을 타고 가 시청역에서 내린다
1711번 버스든 7016번 버스든 얼른 와라,
평일이 아닌 주말 출근이니 지각 걱정은 없지만
날은 어지간히 춥고 바람도 어지간히 세차다

버스에서 내려 정류장 앞 편의점에 들른다

따뜻한 캔 커피를 사서 만지작거리면서 직장으로 간다
출입문을 열고 들어가 자리에 앉아 컴퓨터를 켠다
해야 할 일들을 꺼내놓고 자판을 두드려댄다
쓰고 지우고 쓰고 지우고 쓰고 지우다가
가방에 넣어 온 샌드위치나 우걱거리는 주말 오후,
내 삶도 이렇듯 지워지고 있다는 생각이 든다

오늘 한 게 대체 뭐지? 그새 날은 저물어오고
내가 한 일이라고는 샌드위치를 먹은 게 전부 같다
정신을 차리려고 커피나 마셔댄 게 전부 같다
이럴 거면 차라리 그냥 좀 쉬기나 할 걸 그랬나,
딱히 한 일도 없이 하루를 축내고 집으로 간다
내 몸도 내 정신도 조금 더 지워져서 집으로 간다

연극

연극을 좋아하느냐, 회사 동료가 물었고
얼떨결에 나는 초대권 두 장을 얻었다
아끼는 후배가 직접 만들었다는 연극,

하지만 도무지
연극을 보러 갈 짬이 나지 않았다
애당초 받지 말았어야 했어,
동료의 마음은 여간 고마운 게 아니었으나
오늘내일 넘겨야 할 일들과
다음 주 그다음 주까지 줄줄이 이어진 일들로
머리만 지끈거릴 뿐이었다
설령 시간이 난다고 해도 실컷 잠이나 자면 좋겠어,

토요일에 이어 일요일에도 회사에 나가
업무 처리를 하면서도 나는
연극 관람 걱정을 했다, 그거 아직 안 봤어요?
우리 부서도 아닌 다른 부서 동료의 호의에
나는 이렇듯 실없는 사람이 되고 마는가

42

초대권 만기일을 한주 앞둔 일요일 오후,
나는 아내와 함께 대학로로 나갔다
아직 시간이 남아 햄버거를 하나씩 사 먹으며
단둘이 외출한 게 얼마 만인지 헤아려보았다
머릿속은 여전히 회사 일 걱정으로 가득 차 있었지만
아내 앞에서 나는 애써 태연하게 웃고 있었다

연극이 끝나자마자
아내와 함께 택시를 타고 집으로 왔다
커튼콜 때 찍은 사진을 동료에게 보내주면서
감동적이었다는 말과 고맙다는 말을 잊지 않았다
내가 마치 노래가 된 느낌이야,
나는 배우가 부르던 노래처럼 사라지고 있었지만
월요일 출근 걱정만큼은 사라지지 않았다

깨우고 가

알람 소리를 듣지 않고 깨려다보니
새벽 다섯시 이전에 눈을 뜰 때가 많다
몇시나 되었지? 시계를 들여다보고는
몸을 뒤척이며 침대에 누워 있다가
다섯시 이십분쯤 몸을 일으킨다
화장실 다녀와서 책상 앞에 앉아
커피를 마시고 정신을 가다듬는다

한데 이게 뭐지,
별생각 없이 컴퓨터를 켜려는데
모니터에 커다란 메모지가 붙어 있다
'나 깨우고 가, 나 꼭 일어나야 해!'
네임펜으로 또박또박 눌러쓴
글씨가 선명하게 눈에 들어온다
그새 또 시험 기간인가,
나는 여섯시 조금 넘어 출근하면서
중학생 딸애를 깨우고 집을 나섰다

다음 날 아침, 딸애는 다시금

내 책상 모니터에 메모지를 붙여놓았다
'나 꼬옥 깨우고 가, 불 켜놓고 가!'
딸애는 어제 아침 일어났다가
다시 잠들고 말았던 모양인데
투명 테이프까지 동원하여 단단히 붙여놓았다

딸아, 아빠도 날마다 일어나기 싫단다
하루도 빼놓지 않고 출근하고 싶지 않단다
너를 일찍 깨우는 것 또한 아주 힘들단다
나는 몇번이나 망설이다가
딸애 방에 불 켜놓고 현관문을 나선다

살 만한가

이번 추석엔 시골에 내려가지 못했다
아니, 너무나 피곤해서 내려가지 않았다
연휴 내내 미친 듯이 잠이나 자리라, 마음먹었다
장인 장모님은 뵙고 와야 마음이 덜 불편하겠지?
추석날 아침 일찍 서둘러 처가에 다녀왔다
이제부터는 주야장천 잠이나 자리라,
침대에 누워 잠을 기다렸지만 잠이 오지 않았다
노모를 뵈러 가지 않은 마음이 불편해서인지
아버지 산소에 다녀오지 않은 게 불편해서인지
아님, 잠이나 자며 연휴를 보내는 게 아까워서인지
도무지 잠이 오지 않았다

멍하니 창밖이나 보고 있는 추석날 오후였다
형이 휴대전화 문자로 사진 한장을 보내왔다
노모가 들판 길에서 들깨를 털고 있는 사진이었다
사진 속 노모는 옅은 서녘 햇발을 등지고 앉아
근심을 털어내듯 들깨를 털고 계셨다
아버지 산소에 다녀오신 어머니는
저녁에 틀림없이 비가 올 것 같다며

기어이 들판으로 나가시겠다고 우겼다고 한다
형, 어머니는 올해부터 농사 안 하는 거 아냐?
노모 말을 곧이곧대로 믿은 내가 바보였다

하긴 서울에 사는 나도 농사 시늉을 하긴 했다
어쩌다 한번씩 쉬는 주말을 기다렸다가
베란다 화분에 풋것을 심는 일로 위안 삼았다
깻잎을 매달던 키 작은 들깨 줄기 몇은
어설프게나마 들깨를 품어 익히기도 했다
추석이 끝난 뒤로도 주말 근무는 이어졌지만
나는 가까스로 들깨 줄기를 잘라 말릴 수 있었다
얼마 만에 쉬어보는 주말이지? 작은 막대기로
들깨를 털어보는 재미가 제법 쏠쏠했다
한말도 아니고 한됫박도 아니고 겨우
한종지나 될 법한 들깨를 수확하고 나니
여간 뿌듯한 마음이 드는 게 아니었다

그래, 시골살이든 서울살이든 깨가 쏟아져야 살 만하지
나는 사직서를 내야겠다고 마음먹었다

보리나방

아내가 겉보리 한자루를 사 왔다
아직 방아를 찧지 않은 것인데
베란다 화분에 심어 키워서는
새싹비빔밥도 해 먹고
보리된장국도 끓일 거라며 들떠 있었다

저러다 말겠지, 아내는
근사한 직사각형 화분까지 새로 들였다
겉보리를 심고 물을 주는 아내의
뒷모습은 무척이나 행복해 보였다

자르지 말고 그냥 키우면 안 될까,
몇번인가 나는 아내가 해주는
새싹비빔밥을 말끔히 비웠고
보리된장국을 뚝딱 해치우기도 했다

어디서 이런 게 날아 들어왔지,
늦은 밤 비명을 지르는
딸애 방에 들어가보니

나방이 침대 위로 날고 있었다, 딱!

그러나 그것은 시작일 뿐이었다
어느 날부터인가 나방이
삼삼오오 떼를 지어 날아다녔고
집 안에는 비명과 얼룩이 날로 늘어갔다 나는
나방의 근원지를 찾아내야만 했다

아, 여긴가? 베란다 구석에 있던
보릿자루 안쪽은 나방의 천국이었다
자루를 그대로 눌러 닫은 나는
그것을 냉동실 안쪽에 욱여넣었다
시도 때도 없이 만들어지는
비명과 얼룩의 열기를
아주 식혀주지 않을 수 없었다

부안 계화도 쌀

늦은 귀가를 하는 길이었다
엘리베이터에서 내려 집에 들어가려는데
문 앞에 쌀자루 하나가 놓여 있었다
시골 방앗간에서나 볼 법한 나일론 쌀자루,
시골집 노모가 보내셨나? 쌀자루를 끙끙 들어
거실에 옮겨놓고 가만 살펴보니
105동으로 가야 할 쌀이 106동 우리 집으로 왔다
보낸 이의 주소도 처음 보는 전북 부안 계화였다
쌀자루에 쓰인 원래의 손글씨를 보니
5인지 6인지 애매하게 적히긴 했다
부안 계화도 쌀이라면 밥맛은 어지간하겠군,
시간은 벌써 밤 열시를 넘기고 있었고
더 늦기 전에 나는 곧장 움직이지 않을 수 없었다
쌀자루를 둘러메자 허리가 휘청했고
후들후들 옆 동으로 옮겨가 11층에서 내렸다
동만 다르고 호수가 같은 집 앞에
쌀자루를 부려놓고 초인종을 눌렀다
혹시 쌀 시킨 적 있나요?
그런 적 없는데요, 중년 사내의 목소리에는

경계심 가득한 퉁명스러움이 잔뜩 섞여 있었다
남의 집 문 앞에서 졸지에 난감해진 나는
잠시 멍하니 서 있을 수밖에 없었는데
방에서인지 화장실에서인지 나온 듯한
중년 여성의 목소리가 반갑게 들려왔다
여보 내가 쌀 시켰어, 부부는 문을 열어주었고
가까스로 나는 쌀자루를 집 안에 들여놓을 수 있었다
너무 늦은 시간에 방문해서 그런가,
중년 내외는 뭔가 의아한 눈빛으로 바라보았지만
나는 딱히 개의치 않고 공손한 인사를 드리고 나왔다
그것 좀 들었다고 땀이 다 나나,
넥타이를 풀어 들고 엘리베이터에서 내린 나는
양복에 묻은 먼지를 툭툭 털면서 집으로 향했다

쌀나방

그냥 쌀이 아니라고 했다
아내는 어디선가
십 킬로짜리와 이십 킬로짜리 쌀을
두 포대나 배달시켰다
일체 약도 안 하고 키워서
몸에도 좋고 밥맛도 좋을 거라는
아내의 말은 맞았다
수수와 조를 섞어 지은 밥은
여간 맛이 좋은 게 아니어서
한 포대를 금방 비웠다
한데 이건 또 무슨 일인가
한동안 사라졌던
나방이 나타나기 시작했다
혹시나 해서
두번째로 개봉해 먹고 있던
쌀을 휘저으며 살펴보니
깨어난 지 얼마 안 되어 보이는
어린 쌀나방 한마리가 눈에 들어온다
무농약 쌀이 맞긴 맞나보네,

내 검지를 타고 오른 쌀나방은
식탁 쪽으로 씩씩하게 날아오르며
아무런 해가 없는 좋은 쌀이라는 걸
몸소 증명해 보여주기까지 한다
굳이 그렇게까지 할 필요가 있나,
문득 나는 나방을 먹고 사는
작은 새 한마리를 키우고만 싶어진다

여름휴가

어제 비를 맞아서 그런가?
몸이 무겁고 머리가 띵하다
혹시나 하는 마음에
코로나 간이 검사를 해보니 양성이다

출근하자마자 퇴근이라니,
나는 사무실 책상에 올려두었던
가방을 챙겨 조용히 집으로 간다

집에 들러 한숨 돌리고는
가까운 병원에 가보니
역시나 코로나에 걸린 게 맞다
좀 아프다 말겠지,
약국에서 받아 온 약봉지를 던져두고
그대로 잠이 들었던가

무슨 전화가 이렇게나 걸려 오지?
무슨 머리가 이렇게나 지끈거리지?
뭐라도 먹어야 약을 먹을 텐데

이불을 두르고 있어도 오한이 온다
그러나 이때만 해도 몰랐다

목에 불이 붙은 듯 화끈거리고
침이라도 삼킬라치면
목이 찢어지는 듯 아플 줄은

오늘은 그새 육일 차,
방 구석구석을 몇번이나 쓸고
싱크대를 닦고 빨래를 돌리고
변기며 화장실 바닥을 박박 문지르고
베란다 물청소까지 마치고는

이 뜻밖의 여름휴가를
어떻게 마무리할까, 궁리한다

굉장한 광장

딸애는 기내식을 꼭 먹어보고 싶다고 했다
아내와 나는 딸애를 데리고 북경행 비행기를 탔다

우아한 자세로 기내식을 먹던 딸애는
주스를 마시며 흡족한 표정을 지었다
어때, 괜찮지? 아내와 나는 딸애에게
자금성과 만리장성을 보여주고 싶었다

거대한 규모에 깜짝 놀라겠지?
하지만 딸애는 이미 무더위에 놀라고 있었다
왜 하필 가장 찌는 여름날에 움직였을까,
벌써 지친 우리 일행은 가이드를 따라
천안문 광장으로 걸어 들어갔다

광장은 넓었고 사람들은 북적였다
햇볕은 대단했고 열기는 기막혔다
광장 중간중간에 멈춰 선 가이드는
무어라 무어라 진지한 설명을 했지만
그의 입에서 나온 말은 곧

흐물흐물 녹아내리고 말아
우리의 귀에까지 들어오지는 못했다
다시 막 걸음을 떼어 출발할 때였다

어머니 뒤를 따라 걷던 아들이
어머니 등에 대고 부채를 부치며 걷고 있었다
그 아들 뒤에서는 아버지가
아들 등에 대고 부채를 부치며 걷고 있었다
가히 굉장한 광경이 아닐 수 없었다 나는
딸애와 아내에게 저걸 보라고 손짓했다

아내와 나는 굳이 딸애에게
자금성과 만리장성을 보여주지 않아도 되겠다
싶었다 엄마 아빠 잠깐만, 어때 시원하지?

걸어서 집으로

오분만 더 오분만 더, 하다가
멋쩍은 얼굴로 자리를 털고 일어선다

금천구청역까지 가야 하는데
마지막 지하철은 구로가 종착역이다
구로역 밖으로 몰려나온 사람들은
능숙하게 택시를 잡아타고
어리숙한 나는 매번 택시를 놓친다

결국 택시 타고 가는 걸 포기하고
이정표를 따라 걷는다 길을 모르니
철길이 보이는 큰길을 따라 걷는다

가산디지털단지역을 지나
독산역과 금천구청역을 지나
범일운수 종점이 있는 곳을 향해 걷는다
돌아갈 집이 있다는 것과
나를 기다리다 잠들었을 어린것과
아내가 있다는 것을 떠올리면서

뚜벅뚜벅 힘차게 걸음을 옮긴다

왜 하필 구두를 신고 나왔을까, 한 십분만
일찍 자리를 털고 일어났으면 어땠을까,
다음부터는 이제 그만 일어나야겠다고
당당하게 말하고 서둘러 길을 나서야지,
생각을 이어가면서 낯선 길을 이어간다

걷다보니 빈 택시가 참 많이도 지나간다
하나 잡아타지 않는다
집은 기껏해야 팔 킬로미터 남짓한 거리,
이 정도 거리라면 코흘리개 시절에도
매일같이 고갯길을 넘으며 거뜬히 걸었다

지갑

날은 더웠고 거리는 붐볐다

외식을 하고 쇼핑도 좀 하고 오다가
시흥 사거리 근처에서 딸애가 지갑을 주웠다

누군가 훔쳤다 버린 빈 지갑이면
곤혹스러운 일이 생길 수도 있는데?
초등학교 오학년 딸애는 개의치 않고
주운 지갑을 내 턱 앞으로 내밀었다

우리는 지갑을 열어보지도 못한 채
곧바로 경찰에 신고했다
머지않아 경찰차가 와서
지갑을 인계하고 마을버스에 올랐다
경찰관이 받아 열어보는 지갑에
현금과 카드가 꽉 들어차 있어서 나는
알 수 없는 안도의 한숨을 쉬기도 했던가

집에 와서 대충 씻고 났을 때

경찰서에서 전화가 한통 걸려왔다
지갑 주인이 인사를 전하고 싶다고
간곡히 부탁한 모양인데, 지갑 주인은
몇번이나 고맙다는 말을 전해 왔다
건너오는 목소리가 하도 힘차고 젊어서
얼결에 나도 힘차게 젊어지는 밤이었다

박콩

벌써 몇년째인지 모를 일이다

이제는 어버이날이 되어도
노모를 찾아뵙는 일이 쉽지 않다
길도 먼디 머덜라고 오냐,
나는 겨우 전화 한통 드리는 일로
어버이날을 또 넘기고 만다

누나들과 형 모두가 다녀갔다는 말에
그나마 마음을 놓아보는 차,
형이 사진 한장을 보내온다

사진 속의 노모는 작고 귀여운
강아지에게 밥을 주고 있다
이름이 콩이란다 나와 성이 같은 박콩

콩이는 밥도 콩알만큼 먹고
똥도 콩알만큼 쌀 것같이
작고 귀여워 보이는 강아지이지만

어쩐지 든든하게까지 여겨진다
영광슈퍼 총각이
노모 품에 안겨주었다는 콩이,

부디 장난도 많이 치고
말썽도 많이 피우면서
노모와 알콩달콩 지내길 바라다보니

걸리기만 하던 마음이 콩콩 뛴다

리본 고양이 필통

나에게는 보라색 헝겊 필통이 있다
보랏빛 리본을 한 작고 하얀 고양이가
오른쪽 귀퉁이에 수놓여 있는 필통,
사년째 가방에 넣고 다니며 쓰고 있다

이 리본 고양이 필통의 원래 주인은 딸애다
초등학교 가던 날부터
4학년을 마치던 해까지 쓰던 특별한 필통,
그냥 두기에는 아까워서 내가 쓰기 시작했다

보랏빛 리본이 너무 잘 어울리는 거 아니니?
늘 같은 자리에 붙어 있는 하얀 고양이에게
너스레까지 떠는 날에는 필통이 더욱 좋아졌다
여전히 나는 연필 쓰는 걸 좋아하는 쪽인데
연필심이 잘 부러지지도 않아 더욱 애정이 갔다

필통 속에는 늘 필기구가 단출하게 들어 있다
연필 두자루와 귀퉁이가 둥글게 닳은 지우개,
0.7 검정 볼펜 한자루는 예비용이고

뭔가 잘못되었다 싶은 글을 고칠 때 쓰는
1.0 파란 볼펜도 빼놓을 수는 없는 귀중품이다

직장에 나가 무심코 필통을 열었을 때였다
처음 보는 연필이 세자루나 더 들어 있고
색깔이 다른 형광펜도 둘이나 눈에 띄었다
네임펜은 뭐고 새 지우개는 또 뭐지?
필통 안이 여느 때와 달리 풍성해져 있었다

음 그거, 아빠 필통이 너무 빈약해서 그랬어,
사춘기를 지나는 중2 딸애에게
좀더 나은 여드름약을 사줘야겠다고 생각하면서
하얀 고양이의 리본을 가만히 만져보았다

감자

지난여름이었다 크고
묵직한 택배 상자가 하나 왔다
열어보니 감자였다
뭘 이렇게나 많이 보냈지?
시골 친구에게 전화를 넣어보니
아무 소리 말고
그냥 맛있게 먹기나 하란다

지난 늦봄이었다 시골
친구네 집에 잠깐 들른 적이 있다
친구는 막 감자밭에
물을 주러 나서려던 참이었고
딱히 바쁜 일이 없던 나는
친구 트럭을 타고 따라나섰다
밭둑길로 들어서자
짐칸에 실려 있던
물탱크의 물이 심하게 출렁였다
난 왜 이렇게 마음이 출렁이지?
밭 가장자리에 트럭을 세운 친구는

기다란 호스를 당겨가며
감자밭에 물을 뿌리기 시작했다
야, 나도 한번만 해보자,
물 분사기를 건네받은 나는
감자밭 고랑으로 들어가
친구가 하던 대로 물을 주었는데
따가운 볕이 따끔따끔 들러붙어서
곧 그만두었다

여름 내내 우리는
거의 매일 감자를 먹었다
감자를 거의 다 먹어갈 즈음엔
어떤 의무감으로 감자를 먹었는데
감자 한 상자를 말끔히 해치우고 나니
성큼, 가을이 와 있었다
행여라도 감잣값을 보내기라도 하면
다시는 안 볼 거라는
시골 친구의 너스레도 둥글둥글,
내 안에 들어와 있었다

은행나무 길목

초저녁 마을버스를 타고 집으로 간다
두 정거장 더 가서 하차해야 하지만
은행나무 사거리에서 내려 걷는다

이 길을 걷는 일도 오늘이 마지막이구나,
길을 가다가 걸음을 멈추고
은행나무정육점에 들러 삼겹살 한근 산다

결혼을 하면서부터 십칠년을 살아온
서울 금천구 시흥동 은행나무 길목,
서른 중반에 신혼살림을 차려
딸애 하나 낳고 그냥저냥 잘 살다가
쉰살을 넘겨 떠나려 하니 생각이 많아진다
아빠, 해가 꼭 사과 같아!
뜨겁고 달콤한 것들만 품고 이곳을 떠나야지

쉬는 날 오후면 세 식구가 함께 다녀오던
은행나무시장을 뒤돌아보니, 불빛 환하다
은행나무떡집도 은행나무반찬집도 안녕

십칠년을 오갔으니 정이 안 들면 이상한 일,
한결같이 다니던 미용실로도 자꾸 눈길이 간다

지금은 사라진 가게들이 왜 자꾸 떠오르지?
주말부부로 지내던 신혼 때 들르던 빵집이며
겨울엔 붕어빵을 팔기도 하던 분식집이며
언제 찾아가든 문이 열려 있던 집 앞 세탁소까지

저녁 식탁 위에 도란도란 꺼내놓고
이사 가기 전 마지막으로 삼겹살을 굽는다

제 3 부

아침의 일

맹감나무 열매가 파래지는 유월 아침이었다
개에게 아침을 먹이고 어르신을 기다렸다
안녕하세요, 아 네 좋은 아침입니다,
우리는 굴참나무 아래서 만나 산책에 나섰다

어르신이 먼저 늙은 개와 함께 앞장섰고
나는 아직 천방지축인 녀석을 데리고 뒤따랐다
이 개는 사람 나이로 치면 아흔이 넘어요,
늙은 개는 소나무 빽빽한 숲길에서도
개옻나무가 줄지어 선 오솔길에서도
산딸기 덤불이 우거진 모퉁이에서도
연신 코를 흠흠, 느리게 걸었고
어르신은 느긋하게 걸음을 맞췄다

성우씨, 매운 고추를 뭐라 하지요?
여기서는 땡초라 하지 않나요?
어르신은 땡초라는 말이 갑자기 생각나지
않았다며 싱겁고 환하게 웃었다

산책을 마치고 돌아오는 길이었다
늙은 개의 목줄을 잡고 걷던 어르신이
문득 걸음을 멈추는가 싶더니
남의 집 고구마밭으로 들어섰다
무슨 일이시지? 개를 세워두고
밭 안쪽으로 몇걸음 옮겼다 나온
어르신의 손에는 환삼덩굴이 들려 있었다
그냥 놔두면 무성한 가시 줄기를
거침없이 키워나갈 덩굴풀,

남의 집 밭고랑에 들어가
풀 한포기 뽑아 나오는 마음이
내 마음으로 들어오는 아침이었다

아라미용실

몸을 옮긴 지 한달이 넘었다
앞머리도 옆머리도 너저분하다
머리나 깎고 올까? 마침 비가 내려
딱히 할 일도 없다

중요한 외출을 하는 사람처럼
머리를 감고 옷을 꺼내 입는다
이번엔 좀 시원하게 쳐야지,
문을 열고 나서는데 빗방울이 굵어진다

일단 면 소재지로 나가보자,
중심가라 하기에는 사람이 뜸하지만
그나마 간판이 제법 걸린 길목에서
머리를 자를 만한 미용실을 찾는다

어쩐지 나는 낡고 오래된 풍경이 좋다

돼지국밥집과 약국을 지나다보니
미용실 하나가 눈에 들어온다

중화요릿집과 쌀집 사이에 자리하고 있는
작은 미용실, 아라미용실
걸음을 멈추고 우산을 접으며 보니
미용실 앞 철물점도 어쩐지 다정하다

새로 이사 온 면에서 처음으로 머리를 깎는다
비 오니까 문 열어드릴까예, 빗소리
들으면서 머리를 깎고 나오는데
주인아주머니가 천원을 빼주신다
손에는 사탕도 두어개 쥐여주신다
천원을 돌려드리고 나오니
빗소리 더욱 싱그럽다

이 도시에 몸 붙이고 살 만하겠다

가을, 상리천 노전암에 다녀오다

용연마을에 일이 있어 갔다가
노전암으로 가는 골짜기 길에 들었다

바윗길을 내어 제 갈 길 가는 상리천,
세찬 여울물 소리로 귀를 씻는 나를
선바위처럼 오래 세워두고 흘러갔다

맨 처음 돌을 올린 이는 누구였을까
길가에 돌탑들이 옹기종기 모여 앉아
돌탑 위에 돌 하나가 느는 것을 본다

여기는 사람이 모두 떠난 마을인가,
금이 가고 깨진 슬레이트 지붕 몇을
빽빽이 모인 대나무가 애써 가리고 있다

몸 가운데에 나무아미타불을 새긴
바윗돌을 일주문 앞길에 세워둔 노전암,
절 마당에 스며들어 약수 한모금 마신다

나는 왜 아름드리나무를 보면
안아드리고 싶은 마음이 이는 걸까
대웅전 아래 뜰 느티나무에 온기를 전한다

노전암을 뒤로하고 나오는 길,
텃밭에서 감을 따던 비구니 스님이
감 가지 하나를 꺾어 내어주신다

아니다, 덕 쌓으며 환하게 살라고
빨간 감 등불을 손에 들려 보낸다

메밀꽃밭

씨앗을 넣은 지 얼마나 되었던가
메밀 줄기가 오밀조밀 꽃을 피운다

한낮 볕에 이파리를 늘어뜨리면서도
가늘고 여린 손을 뻗어 꽃을 내민다

해가 어지간히 넘어간 늦은 오후,
호스를 밭머리로 길게 당겨
소나무 산자락 메밀밭에 물을 준다

여느 때처럼 별생각 없이 물을 틀고
밭이랑 가운데로 물을 뿌리는 찰나,

배추흰나비떼가 일제히 솟구쳐 오른다
실로폰 소리처럼 경쾌하게 튕겨 올라
메밀꽃밭을 배추흰나비밭으로 바꾼다

이게 대체 무슨 일인가, 일순간에
내 안쪽으로도 하얗게 치고 들어와

나조차도 메밀꽃밭 위로 띄워 올린다

하얗게 일렁이는 마음은 멈추지 않고
호스를 그만 거두어야 할지
주던 물을 마저 주어야 할지,
궁리하는 사이에도 배추흰나비떼는

팔랑팔랑 붕붕, 나를 잡고 솟구쳐 오른다

장생포 맛집

오후 늦게 장생포에 도착한 우리는
숙소에 짐을 풀고 바닷가로 나선다
어, 야간에도 문을 여나봐?
닫은 줄로만 알았던 고래박물관에서
저녁 여덟시가 다 되도록 머무른다

밥때를 놓친 우리는 뒤늦게
저녁 먹을 만한 곳을 찾아 나선다
장생포고래박물관에서
장생포항 사이를 오가며 살피지만
이미 문을 닫은 곳이 적지 않고
갈 만한 식당은 빈자리 없이 북적인다

몇번이나 같은 길을 오가던 우리는
더 늦기 전에 국밥집으로 들어선다
국밥 말고 다른 것도 먹을 수 있을 거야,
아내와 딸을 앞세우고 들어간 식당은
찐만두도 되고 수육도 되는 집이었다

이거 처음일 건데 먹을 수 있겠어?
내가 먼저 순댓국밥을 먹겠다고 하니
딸애도 같은 것으로 주문하겠다고 한다
아내는 망설이다 황탯국을 시킨다

아, 어느새 국밥 먹을 나이가 되었구나,
열여섯살 딸애에게 새우젓으로
간 맞추는 법을 알려주는 마음이 묘하다
먹을 만해? 응, 맛있어!
다행히 딸애는 국밥을 호호 불며 잘 먹는다

언젠간 소주도 한잔씩 하면서 먹을 수 있겠지,
딸애와 국밥 한그릇 해보는 소소한 소원을
울산 장생포에 와서 이룬 나는
소박한 소원 하나를 더 보태보는 것이다

산호자나물

팽나무 이파리가 여전히 푸른
초가을의 월요일 점심 무렵이었다
대파밭이 환한 시골밥집에서 밥을 먹었다

고구마순무침과 콩잎장아찌 같은 찬을
정갈하게 내오시던 주인 할머니가 먼저
산호자나물 얘기를 꺼냈다 부산에서
양산으로 터를 옮긴 마을 분이 합세했다

산자락에 새순이 올라오는 봄이면
새벽부터 두셋씩 모여 나물을 하러 갔단다
앞다투어 영축산 골짜기로 들어
산호자나물을 해서는 포대 가득 담아 왔단다
뜨거운 물에 데쳐 말려두었다가
쌈으로도 먹고 나물로도 무쳐 먹는데
산호자나물은 산호자나무의 어린잎이라고 했다
어떻게 생긴 나무지?
대체 어떤 이파리기에 나물로 먹을 수 있지?
특히나 양산에서는 빼놓을 수 없는 나물인데

언제부턴가 사라지고 있어 아쉽다는 말도 덧붙였다

며칠이나 지난 뒤였을까, 마을 분은 나를
작은 산호자나무가 있는 텃밭 옆으로 데려갔다
산호자나무를 사람주나무라고도 하지요,
마을 분이 알려준 나무는 감잎 같은
이파리를 달고 있었는데 줄기도 잎도 매끈했다

산호자나물은 멸치젓국과 기막히게 어울린다는데
대체 어떤 맛일까, 내가 직접
산호자나무 어린잎을 따다가 해 먹어볼 순 없을까?
본격적인 가을에 닿은 것도 아니고
겨울 소식이 들려오는 것도 아닌데 나는 그새
봄을 기다리는 사람이 되어 입맛을 다신다

산양유

쉰살이 넘어 다시 주말부부를 한다

살냄새가 간절할 나이도 지났고 외로움을 타는 성격도 아
닌데 잠을 놓치는 날이 적지 않다 책을 보자니 금세 눈이 침
침해지고 음악을 듣자니 다시 음악을 끄고 잠들어야 하는
일이 영 마뜩잖다

몸은 피곤한데 잠이 쉬 오지 않는 날은 골목 편의점에서
우유를 사다 마시곤 했다 우유가 잠에 도움이 되었는지 우
유를 마셨으니 잠들 수 있다는 생각이 잠에 도움이 되었는
지는 알 수 없지만 그냥 잠들려 하는 것보다는 나은 것 같았
다 포만감 때문에 잠든 건가?

주말에 서울 집에 갔다가 내려올 짐을 챙기는데 아내가
산양유를 다섯통이나 가방에 넣어준다 분말로 된 거니까 물
에 타서 마시면 돼, 잠이 오지 않는 밤에는 이따금 산양유 가
루를 뜨거운 물에 타 마시고 잠자리에 들곤 했다 소금 몇알
넣어 마시면 맛도 그만이었다

한데 숟가락으로 산양유 가루를 떠서 물에 넣다보면 작은 방부제 봉투도 함께 딸려 들어갈 때가 적지 않다 벌써 몇번째야, 설마 죽기야 하겠어, 그냥 대충 먹고 잘 것인지 번거로워도 다시 타서 마실 것인지 이래저래 생각하다보면 애꿎은 잠만 멀어지고 만다

쉰살이 넘어 다시 잠드는 연습을 한다

초겨울 초저녁 참

은빛 바람이었다 날이 거뭇거뭇해지는 바닷가 둑길이었다 거친 눈발 앞세우고 가다가 어느 허름한 선술집에 들러 생굴 한접시 두고 쐬주나 한잔하고 가자는 나를, 개운하고 뜨거운 바지락 국물에 쐬주나 한잔 더 하고 선술집 귀퉁이 방을 얻어 하룻밤 묵어가자는 나를 가까스로 데리고 가던 초겨울 초저녁 참이었다

갯가에 맨발로 선 갈매기 무리가 갯바람을 똑바로 마주하고 들어오는 밀물을 바라보고 있었다 갯벌에 몸을 박고 있는 말뚝 위로 올라선 갈매기 한마리가 파닥이던 날갯죽지를 접고 중심을 잡아가고 있었다 소형 어선 두어척이 갯가로 나와 있는 고창 심원면 하전리 서전마을, 매운 갯바람에 더욱 매워질 마늘은 눈발을 털어내느라 분주했다 아름드리 느티나무가 기꺼이 갯마을 앞길까지 나와 한사코 손을 흔들어 주던 초겨울 초저녁 참이었다

좌치나루터 지나다가 '생굴 팝니다'와 '소주'가 펄럭이는 천막에 끌려 선운사 입구까지 가서 차를 돌렸다 천막 문 밀치고 들어서자 훈기가 몰려왔고 굴을 까고 있던 여자가 조

새를 놓고 일어섰다 쐬주는 좀 그렇고 생굴이나 언능 한접
시 하고 가지! 근처 양만장에서 이른 새벽부터 장어 밥을 주
던 스물댓살 무렵의 나를 조곤조곤 다독이며 품어 안아 집
으로 가던 초겨울 초저녁 참이었다

말하지 않고도 많은 말을

호박 줄기는 할 일을 다 했고
우리는 늙은 호박 네덩이를 땄다

어르신은 말없이 호박 덩굴을 걷어낸다
호박 줄기가 여름내 타고 오르던
대나무 말뚝과 댓가지를 하나하나 들어낸다
창고에서 괭이를 들고 오는가 싶더니
호박이 살다 간 자리를 파기 시작한다
괭이에 걸려 나온 돌을 골라내고
뭉쳐진 흙을 부스러뜨리기도 하면서
딱딱하게 굳은 밭을 고슬고슬하게 만든다

얼추 밭을 다 일구신 거 아닌가, 옆 밭에서
밭고랑을 손보던 나는 삽을 내려놓고
퇴비 한 포대를 들고 가 부어드린다
한 포대로는 모자라는가 싶어
한 포대를 더 메고 가 흩뿌려드린다
어르신은 연신 괭이로 흙에 거름을 섞는다

어르신이 씨앗을 가지러 간 사이에
나는 얼른 삽을 놀려 밭을 한번 더 일군다
좋은 퇴비이니 바로 파종해도 괜찮겠지,
어르신이 시금치 씨앗을 심는 것을 보고
나는 배추 모종을 심은 밭에 물을 준다

아직 두어시간 정도의 해가 남아 있지만
어르신은 내가 쓰던 농기구까지 챙겨 치운다

오늘은 그만하고 쉬자는 말씀,
늙은 호박은 진즉 집에 들어가
엉덩이 붙이고 쉬고 있다

배내골과 석남고개와 광대수염

예전에는 정말 오지였지요,
양산 원동 배내골에 든다

배나무 이(梨) 내 천(川)을 써서
이천동으로 불리기도 했다지?
배내골을 지나는 물결 또한
배꽃처럼 하얗게 굽이친다

박 시인, 저쪽이 석남고개예요
예전엔 소금 지게꾼들이 언양장에서부터
소금 가마니를 지고 와 저 고개를 넘었지요,
거친 숨과 함께 등허리며 목덜미 할 것 없이
어지간히 피워냈을 하이얀 소금꽃,

나는 왜 아버지를 떠올렸을까
치매밭골 깔끄막 아래서 밭을 일구던 아버지
산더미 같은 장작을 지고 용모리재를 넘던 아버지
능다리재 다랑이논 너마지기로
여섯 새끼 입에 먹을 것을 넣어주던 아버지

도회지 변두리로 식솔들을 끌고 나와서도
별반 다를 게 없던 아버지

차오르던 숨이 멈춘 뒤에야
야간 수업을 받던 내 모교에서 더이상
쓰레기 수거 리어카를 끌지 않아도 되었던 아버지,

미나리냉이꽃도 고추나무꽃도
무더기로 피어 태봉마을에서
금천마을로 가는 길을 아슴아슴 이어주는데
여기에는 광대수염도 하이얗게 끼여 있다

풍선 아트

말이 주말부부이지 주말마다
집에 가는 일이 쉽지는 않다

두어주 넘게 집에 못 간 터,
평일 오후에 서울에서 회의가 있어
일찍 일 마치고 집으로 간다

딸애는 학교에 있고
아내는 직장에 있을 시간,
현관문을 열고 들어가니

사람 모양을 한 풍선 아트가
문 앞에 서서 나를 맞아준다

입꼬리를 올리고 웃으면서
수줍게 내미는 두 손에는
어여쁜 꽃 한송이도 들려 있다

여보, 그거

당신 온다고 규연이가 만든 거야!
딸애는 또 이렇듯 커가는가
이른 저녁을 먹고 들어왔던 나는
퇴근한 아내가 밥 먹는 모습을 본다

애는 몇시에 오지?
아내와 나는 학원까지 갔다 온
중3 딸애가 밥 먹는 모습을 본다

딸애는 학교로 가고
아내는 직장으로 가고
나도 서둘러 가방을 챙기는 아침,

현관에서 배웅해주는 풍선 아트에
손 흔들어주고 기차역으로 간다

합장바우

쌀 씻어 밥 안치고 합장바우 간다

통도사 산문 아래 물길을 바라보다가
폴짝폴짝 징검돌 건너 산에 오른다

그러니까 맨 처음
합장바우란 이름을 들었을 때
그 이름만으로도 왜 그렇게 설레던지,

합장바우가 아닌 합장바위이거나
합장암 같은 이름이었다면 나는
마음이 들뜨지 않았을지도 모른다

바위는 그저 크고 단단하지만
바우는 어쩐지 우직하고 친근하게 느껴져서
언제든 살갑고 반갑게 만날 수 있을 것만 같았다

합장바우에 처음 오르기로 한
지난해 구월 아침, 우리는 서둘러

산문 아래 산등성이 길로 들어섰다
속도를 내어 걷다가 잠시 쉬어
호흡을 가다듬고 걸음을 떼기도 했던가
오르막을 지나고 산모롱이를 돌아서니
우직하게 앉아 있는 합장바우가 나왔다
금강계단에 모셔진 부처님 진신사리를 향해
투박한 두 손을 모으고 있는 바우, 합장바우
아, 통도사가 한눈에 들어오는 시야라니
우리는 들떠오는 마음으로 합장을 했다

이번이 몇번째더라,
합장바우에 갈 때마다 나는 합장을 올린다
합장바우 위에 합장을 올리고, 합장을 올리고, 합장을
올려,
작은 돌멩이 같은 합장을 올려 합장 돌탑을 쌓아간다

빗방울이 반기는 합장바우에 닿아
고요한 합장 돌탑 한층 높여놓고 밥 먹으러 간다

힘을 보태 힘을

한마장이나 될 법한 이 흙길은
산 아래 비탈밭으로 이어져 있다

산자락에는 소나무가 빽빽하고
군데군데 아카시아도 끼여 있는데
평소에는 사람 발길이 뜸해서
우리는 가끔 이 길로 산책을 나선다

붙임성이 좋은 흰 개를 데리고
아침 산자락을 돌아 나오던 때였다

퇴비 포대를 잔뜩 실은 경운기 한대가
오르막을 무던히 올라오는가 싶더니
더는 오르지 못하고 끙끙대고 있었다

우리가 밀어볼까요, 하나둘
짐칸 꽁무니에 붙은 우리는
있는 힘껏 힘을 모아 경운기를 밀었다
하지만 그뿐,

낡은 경운기는 좀처럼 나아가지 않았다

짐을 좀 내리고 밀어볼까요,
퇴비 대여섯 포대를 빼낸 뒤에야
경운기는 탈탈, 오르막을 치고 올랐다

모퉁이를 돌던 노인이 고개 돌려 웃었고
손을 탈탈 털던 우리도 함께 따라 웃었다

경운기는 언덕 넘어 비탈밭으로 가고
우리는 흰 개를 데리고 마을로 들어선다

연밭 경전

지난봄이었다
인근 절에 계시는 스님이
수렁논을 일궈 연을 심어놓고 가셨다
길 아래 가장자리에는
버드나무도 한그루 들여두셨다

사월과 오월 유월의 볕이
연 줄기를 수면 위로 당겨 올렸다
방동사니, 피, 올방개
물달개비, 올챙이고랭이 같은 풀도
연밭 무성하게 키워두었는데,

마을회관 골목에 사시는 보살님이
빨간 물 장화를 신고 연밭에 드신다
커다랗고 빨간 대야를 물에 띄우고는
작고 야무진 쇠스랑을 들고 들어가
연밭에 우거진 풀들을 뽑아 올린다
하루 이틀 사흘 나흘 닷새,

몸살이 나서 하루 쉬시는가 싶더니
엿새 이레 여드레 아흐레,
기어이 연밭의 풀을 죄다 잡아낸다

누구라도 하믄 되제요, 커다랗고 빨간
대야에 풀을 한가득 싣고 나오던
늙은 보살님의 말씀을 꺼내 읽으며
한송이 두송이 피어나는 백련과 홍련을 본다

휘청휘청 허리가 휘어지던
거대한 홍련이 피었다 간 연밭을 본다

질그릇 조각

해 바뀌고 열흘쯤 지난 날이었다

시인을 잠깐 만날 일이 있어서
예천에 갔다 면 소재지에서 일을 보고
시인이 유년을 보낸 내성천으로 갔다

저기 강 건너 기찻길 보여?
강물은 금빛 모래 위로 흘렀고
우리는 은빛 모래 위를 걸었다

한 이백오십리쯤 된다고 했던가,
내가 봐온 강줄기와는 결이 다른
내성천은 물빛도 모래 빛깔도 각별했다

댐이 생기면서 모래밭이 사라지고 있어,
시인은 이전보다 더욱 천천히 걸었고
나도 덩달아 늦춰 걷지 않을 수 없었는데
그릇 조각 하나가 눈에 들어왔다

주워 들고 보니 질그릇 조각이었다
강물이 얼마나 닦고 또 닦았는지
깨진 자리가 맨들맨들 만져지는 조각,
이거 제가 좀 써도 될까요?
성우가 시로 갚으면 되지 않을까?
책갈피로도 문진으로도 쓰기 좋은
작고 투박한 질그릇 조각은 잿빛이었다

시집을 읽다가도
별로 보고 싶지 않은 서류를
눌러둘 적에도 이따금 쓰는 질그릇 조각,

우리 도현이, 핵교 잘 다니니껴?
고평역에서 내린 까까머리 소년이
강을 건너고 멱을 감고
물수제비를 뜨는 모습을
흑백영화처럼 보여주기도 하는 질그릇 조각,
아, 풋살구 같은 이름을 적어보기도 했겠지?

가만가만 만져보다가 가만히 눈을 감고
마음을 순하게 할 적에도 여간 요긴한 게 아니다

제 4 부

매우 중요한 참견

호박 줄기가 길 안쪽으로 성큼성큼 들어와 있다

느릿느릿 길을 밀고 나온 송앵순 할매가
호박 줄기 머리를 들어 길 바깥으로 놓아주고는

짱짱한 초가을 볕 앞세우고 깐닥깐닥 가던 길 간다

입동

상강에 날아왔던 물오리들이 물결을 당겨 펴며 물그물을 쳤다

텃밭에서 몸집을 키우던 배추 두포기가 뿌렁이만 남기고 갔다

포플러 가지 끝에 올라 흔들흔들 울던 까치가 경중경중 뛰었다

고춧대 뽑아낸 자리로 들어가 기지개를 켜는 겨울초가 푸르렀다

무시래기 삶는다던 팽나무집 할머니가 마당가 화덕에 불을 넣고

물오리같이, 배추 뿌렁이같이, 까치 꽁지깃같이, 겨울초같이 서 있었다

유년의 거울

아무도 없는 방에 남겨지던 날이었다

유년의 나는 벽에 걸린 거울을 떼어 들고는
방바닥을 천장 쪽으로 기울여보기도 하고
천장을 방바닥 쪽으로 기울여보기도 하면서 놀았다

들고 있던 거울을 점점 아래로 기울이다보면
아래에 있어야 할 두 발이 들리는 것 같았고
위에 있어야 할 머리가 아래로 쏠리는 것 같았는데,
그것은 무서우면서도 제법 재미있는 일이었다

방바닥을 좀더 들어 올려볼까,
거울을 홀쩍 기울여 들고 있다보면
나는 그 끝을 알 수 없는 아래쪽으로
끝없이 떨어져 내리는 것만 같았다

아니, 나는 기꺼이 거울을 들어 올리고 앉아
머리를 흔들어대고 두 발을 바둥거려대면서
수십 수백 수천 킬로미터 아래로

끝없이 끝없이 떨어져 내려갔다

뒷마당을 거꾸로 하면 장독대가 쏟아지겠지?
뒷산을 거꾸로 하면 토끼와 고라니가 쏟아지겠지?
강물을 거꾸로 하면 붕어며 메기가 쏟아져 나올 텐데
물고기를 주워 담다가 물벼락을 맞으면 어떡하지?
때아닌 걱정을 해대기도 하면서 언제까지고 떨어졌다

그나저나 얼마나 더 떨어져야 하는 거지?
어른어른 현기증이 일면 나는 얼른
들어 올리고 있던 거울을 내려놓고 긴 숨을 내쉬었다

두 김정자씨

언젠가도 말한 적이 있지만 내 어머니도 '김정자'고 내 장모님도 '김정자'다

정읍 골짝에 살던 어머니 김정자는 여전히 정읍 골짝에 살고 있고, 봉화 골짝에 살던 장모 김정자는 근래 들어 도회지 아파트에 살고 있다 요새 이 두 김정자는 뭐 하면서 지내나?

정읍 김정자 집에 갔을 때였다 노모는 택배 상자에 지푸라기를 넣어 포장하고 있었다 아, 무신 지푸락을 다 택배로 보낸다요? 야, 아파트 산디 지푸락을 어서 구하겠냐! 시골 김정자는 도회지 김정자가 메주를 쑨다고 하니 메주 띄울 지푸라기를 챙겨 보내고 있었던 것인데,

도회지 김정자가 시골 김정자한테 보내는 택배도 별반 다를 건 없다 무신 봉다리가 요로코롬 많다요? 도회지 김정자는 마트에 다녀올 때 생기는 비닐봉지까지도 살뜰하게 모았다가 시골 김정자한테 보낸다 핫따매, 두 김정자 땜시 내가 못 산당께요

둘 중 누가 보내든 '보내는 사람'도 김정자고 '받는 사람'도 김정자인 택배, 올해도 어김없이 참기름이며 옥수수며 감자, 마늘 같은 것이 보내질 것이고 염색약이며 샴푸 세트며 간고등어, 꽃무늬 남방 같은 게 보내질 것인데, 올봄에도 일없이 두 김정자나 감나무 마당 집에서 만나게 해야겠다

폭설

지난겨울, 노모 집에 닿아 있을 때였다 뭔 일로 요로코롬 큰 눈이 온다냐 잉, 생각지도 않았던 폭설이 이른 아침부터 찾아와 나를 막무가내로 불러댔다 하지만 나는 노모가 해주는 밥을 말끔히 비우는 일로 오래전 먼 길 가신 아버지의 빈자리를 채워야 하거나 콩 고르는 노모 옆에 앉아 노닥노닥 고구마를 구워 먹는 일 따위를 소홀히 할 수 없어 폭설을 돌려보내야만 했다

돌아간 줄로만 알았던 폭설은 다음 날에도 그다음 날에도 나를 찾아왔다 폭설의 성의를 더는 무시할 수 없던 나는 목이 긴 장화를 꺼내 신고 폭설을 따라나섰다 오후의 폭설은 나를 데리고 들판으로 갔다 푹푹 빠지며 걷다보면 얼음이 깔려 있거나 짚단이 쌓여 있는 논뙈기가 나오기도 했고, 아직 뽑지 않은 고춧대가 겨우 얼굴을 내밀고 있는 산비탈 밭뙈기가 나오기도 했다 다시 고개를 넘어 희고 멀게만 보이던 마을에 닿았을 때였다 눈에 익은 소년 하나가 오래된 느티나무에 기대어 있었다

여기서 뭐 해? 외할머니 집에 갔다 오다 잠깐 쉬고 있는

건데요, 혼자? 뭔가를 입에 물고 고개를 끄덕이던 소년의 입에서 박하사탕 냄새가 났다 이런 날 혼자 돌아다니면 못써, 볼이 빨갛게 튼 소년을 업고 냇가 자갈밭을 건널 땐 발에서도 소년의 입에서도 박하사탕 굴리는 소리가 들려왔다 고마워요 아저씨, 근데 저는 아저씨를 잘 모르겠어요, 그래? 나는 오랜 날 뒤의 너야! 박하사탕 두어개 받아먹으러 아침부터 폭설 앞세우고 외할매네 집에 다녀오던 까마득한 오래전 나를 손 흔들어 돌려보냈다

　다시 떼는 발걸음, 논둑길 밭둑길 억새가 팔을 흔들어 힘을 북돋아주지 않았다면 폭설과 나는 어둑어둑해지는 길에서 다리가 풀렸을지도 모른다 노모 집에 닿아 장화를 벗어 탈탈 털고 목도리를 푸니, 목을 감고 업히던 소년 생각과 흰 김이 풀풀 풀어져 나왔다 어디 갔다 오냐, 노모가 묵은지를 넣고 자작자작 볶은 돼지고기에서도 수북하게 퍼진 흰 쌀밥에서도 흰 김이 풀풀 올라왔다 엄니, 밥 좀 더 없어요? 밥을 두그릇이나 비우고 마당에 나가보니 폭설은 그제야 돌아가고 밤하늘엔 흰 별이 총총했다

머위

사는 게 씁쓸하니?
사는 일 허하니 속도 허하다

그래, 머위가 지천이다 몸 일으켜
밤나무 언덕에 올라 머위를 뜯는다
한걸음 오르려다 두걸음
미끄러지기도 하면서 머위를 뜯는다

두어줌 남짓 뜯어 온 머위,
물 보글보글 끓여 데친다 훅훅
올라오는 쌈싸래한 머위 냄새,
찬물에 씻어 둥글둥글 뭉친다

된장 한숟갈 풀어 조물조물
머위를 무친다 외롭다는 말이나
허망타는 푸념 따위도 조물조물
버무려 한입 먹어본다 간이 맞나?
짜지는 않고 짭조름하게 간을 잡아
버무린 머위를 두고 창을 열어본다

그래 뭐 별거 있간디, 맹숭맹숭
싱겁게 나를 달래기도 하면서
조바심 낼 일도 성화 부릴 일도 없이
사는 게 마땅찮다고 혀를 찰 일도 없이

머위 빛깔 초저녁이 마당으로 든다

겨울밤에 오신 손님

차고 긴 겨울밤,
부스럭거리는 소리가 들려온다
누가 오셨나? 보던 책 덮고 나가
둘러보니 아무도 없다

부스럭부스럭 달그락 닥닥
분명 누가 오시긴 오신 모양인데
불 밝히고 나가 둘러보면 기척이 없다

혹시 그분이신가? 아니나 다를까,
추위와 배고픔에 떠셨을 서생원이
별다른 기별도 없이 찾아와
부스럭부스럭 달그락달그락 닥닥
밤참거리를 찾느라 분주하시다

쌀이 두어 바가지 남아 있긴 하나
이 집에 쌓아둔 거라곤 책밖에 없으니
이를 어찌해야 하나, 나는 졸지에
난감한 사람이 되어 밤을 지새운다

한겨울 아침이 가까스로 밝아오고
내 친구 종식이가 트럭을 몰고 온다
손님을 문으로 들게 해야지
구멍으로 들게 해서 쓰겠는가,
사람 좋은 내 친구 종식이는
트럭 짐칸에 싣고 온 자재를 꺼내
싱크대 근처 귀퉁이에 뚫린 구멍을
이중 삼중으로 단단히 막는다

서생원이 설마 또 찾아오진 않겠지?
다시 차고 긴 겨울밤,
바람 부는 소리에도 나는 놀라
머리맡에 놓아둔 빗자루를 덥석 잡아든다

어찌어찌 한잠 자고 일어난 아침,
빗자루 껴안은 채 잠에서 깨니
식전부터 부지런을 떨어대며
집 안 청소하기가 한결 수월하다

물까치떼

십년 넘게 나무를 심었더니 마당은 이제 제법 근사한 작은 숲이 되었다

여름 마당에는 지붕 위로 훌쩍 올라 자란 회화나무와 산벚나무와 이팝나무가 있다 실한 열매를 맺는 산수유나무와 매실나무가 있고 시원시원 가지를 뻗어 올리는 소나무와 잣나무가 있다 키는 작아도 야무진 화살나무와 오갈피나무가 있다 원래부터 살던 참죽나무는 둥치가 여간 굵은 게 아니고 심은 적 없으나 알아서 나고 자란 뽕나무와 느티나무와 팽나무도 제법이어서 살뜰히 살핀다 이렇듯 마당을 작은 숲으로 가꾼 건 분명 나인데 언제부턴가 물까치떼가 떡하니 차지하고는 주인 행세를 한다 좀더 명확히 하자면 이 집 마당 주인이 내가 아니라 물까치떼로 바뀌었다

조금 전에도 어치 한마리가 마당으로 들어왔다가 물까치떼에게 호되게 혼나고 갔다 어제는 내가 좋아하는 꾀꼬리까지 빽빽 소리를 질러 사납게 쫓아냈고 며칠 전에는 마당으로 들어오는 동네 고양이를 매몰차게 몰아내고는 접시에 올려둔 통조림까지 먹어치웠다 그럼에도 이제 나는 이 집 마

당 주인이 아니므로 어떤 조치도 취할 수 없다, 생각하다보니 춥고 배고프진 않을까 하여 건포도랄지 부스러기 땅콩이랄지 사과 조각 같은 걸 챙겨 겨울 마당에 던져준 내 잘못이 크다 나 스스로 물까치떼에게 먹을 것이나 구해 바치는 어리숙한 사람을 자청했으니,

그나마 나에게까지는 윽박지르지 않는 저 사나운 주인 무리에게 감사하며 살 일인지도 모른다

바쁜 여름

상추 열댓장 뜯고
열무 두어포기 뽑아다 씻어
늦은 아침을 먹었다

사람이나 손수레만
건너다닐 수 있는
작은 다리에 걸터앉아
냇물과 먼 산을 바라보았다

발아래에서 올라오는
물소리는 세찼고
굽이 너머에 있는
먼 산은 멀리 있어 고요했다

뭉게구름이 뭉게뭉게
흘러가는 하늘은 넓었고
산바람이 보들보들
불어오는 골짝은 좁았다

여름이 깊어질수록
밭고랑 풀은 수북해지고
산등성이 그늘은 짙어지겠지,

서둘러 해야 할 일과
어지간히 늦춰도 좋을 일을
하릴없이 구분해보다가
머리 위로 날아가는
왜가리를 올려다보았다

단짝

쑥부쟁이 줄기에 매달리던 가을볕이 연보랏빛 쑥부쟁이
로 피어나는 시월이다

나, 회관에 좀 다녀오마 잉! 노모가 길을 나서자 장독대에
서 볕을 쬐던 고양이도 길을 나선다 쫄래쫄래 뒤를 따르는
가 싶더니 골목길 돌담 위로 폴짝 뛰어올라 앞장서 간다 노
모는 마을회관으로 들어가고 고양이는 마을회관 앞 느티나
무 아래에서 걸음을 멈춘다 노모가 마을회관에 드시는 걸
보고 온 지 한시간 반이나 흘렀을까 고양이가 노모를 끌고
폴짝폴짝 뛰어온다

괴기나 좀 끊어다 먹으끄나? 심심헝게 저도 같이 가죠 뭐!
유모차 장바구니를 밀고 나서는 노모와 함께 마당을 나서는
데 이번에도 고양이가 따라나선다 아, 길 무선 게 따라오지
말랑께! 노모가 한소리 해보지만 고양이는 들은 체 만 체,
그새 우리를 앞질러 가고 있다 쟈는 꼭 여그까지만 따라온
다 잉! 산외초등학교 모퉁이까지 같이 왔던 고양이가 더는
안 오고 걸음을 딱 멈춘다

노모와 내가 면사무소 옆 고깃집에서 삼겹살 한근을 끊어 산외초등학교 모퉁이를 지나오는데 어디선가 고양이가 나타나 우리를 반긴다 쟈는 내가 멀리 나갔다 오면 꼭 여그서 기다리고 있다가 같이 간당께! 고양이는 노모 앞에서 뒹구는가 싶더니 벌떡 일어나 앞서거니 뒤서거니 하며 우리와 함께 집으로 간다

　꼬리 굽은 고양이와 허리 굽은 노모는 이렇게 단짝이다 밥도 따로 먹고 잠도 따로 자지만 한집에서 잘 살고 있다고, 마당가 연보랏빛 쑥부쟁이가 고개를 끄덕인다 끄덕끄덕, 연보랏빛 가을볕을 연하게 쏟아낸다

백중, 소나기맹키로

이른 아침부터 이장님 방송이 나와
음력 칠월 십오일, 백중이라는 걸 알았다

아침부터 몰려나온 우리는 예전처럼
길가 무성한 풀부터 말끔히 잡았다
마을 사람들은 이내 달에서 가져온
꽹과리 징 장구 북을 쳐대며 풍물판을 벌였다
김영만 전 이장님은 노련하게 짬을 내어
그새 고추를 널찍널찍 널어두고 왔다고 했다

마을회관 앞 느티나무 아래서 곧
백중 윷판이 벌어졌지만 나는
지난해와는 달리 윷판에 끼어들지 않았다
고소한 기름 냄새가 나는 곳으로 가서
파전 부치는 일에 어설픈 손을 좀 보태다 돌아왔다

마감 넘긴 원고 앞에서 전전긍긍하고 있는데
날이 끄물거리는가 싶더니
툭 투둑 투두둑, 갑자기 비 치는 소리가 들려왔다

소나긴가? 문득 김영만 전 이장님이
길에 넌 고추가 있는 쪽으로 뛰어가보았다

아침에 널었을 고추는 그 자리 그대로였다
어, 어쩌지? 무작정 달려들어 고추를 걷어
부랴부랴 길옆 비닐하우스 안으로 옮겨 갔다
당최 안 쓰던 힘을 쓰려니 숨이 헉헉 몰려오는데
마을회관 쪽에서 사람들이 몰려오고 있었다

맘 편히 술 한잔험서 쉴라고 혔드만 뭔 쏘내기여,
후다닥후다닥 왜틀비틀, 고추 걷으러 몰려오고 있었다

행복한 답장 걱정

아, 상추도 좀 뜯어다 먹고 풋꼬치도 좀 따다 먹으랑께 뭔 사람이 요로코롬 말을 안 듣고 근디야! 아, 저도 상추 모종이랑 고추 모종 해났당께요

이거 뭐지? 별생각 없이 집에 드는데 비닐봉지 넘치게 상추 편지가 와 있다 바깥 문고리에 야무지게 매달려 있는 상추 편지, 풋고추 열댓개도 동봉되어 있다 보나 마나 윗집 너디 할매가 보낸 거다 나는 어떤 답장을 보내야 하나? 두어날 뒤에 콩 음료수와 초코파이 한 상자 사고 또 뭔가 허전해서 말랑말랑한 과자 몇봉지 골라 해 질 무렵에 전해주러 갔다 하이고매, 뭐덜라고 이런 거슬 다 사 온디야!

고사리 말린 것허고 취너물 말린 거 쪼깐 가져왔는디, 히 먹을 줄 알랑가 모르겄네 잉! 이날 입때까지 목소리 한번 높이는 걸 본 적 없는 종연이 양반이 고사리 편지와 취나물 편지를 보내왔다 나는 또 어떤 답장을 보내야 하나? 한 사나흘 궁리하다가 돼지고기 한근 끊고 소주 두병 사서 마침 밭풀을 매고 있는 종연이 양반 아주머니에게 전해주고 왔다 하이고매, 나 이거 갖다주면 한소리 되게 들어야 할 턴디!

124

엄니, 어디 가신다요? 나 시방 게트볼 치러 가는 판인디!
게이트볼 치러 간다는 남안 아지매를 면 소재지 게이트볼장
까지 태워드린 것뿐인데 일 보고 집에 들어오다보니 이번엔
또 찐 옥수수 편지가 속달로 와 있다

하이고매나, 참말로!

드키는 소리

　늦은 밤, 노모 집에 든다 저녁을 먹었다고 말을 넣어두었
으나 노모는 기연히 뭇국을 끓여 상을 봐두었다 밥을 안 먹
은 사람처럼 밥 한그릇을 비운 나는 노모가 막 끓여 내오는
돼지감자 삶은 물을 마신다 후룩 후루룩, 노모와 마주 앉아
시시콜콜 얘기 나눈다

　여차여차하여 두어달 전에 낸 책 얘기를 꺼내는데 노모는
알아듣지 못한다 제가 그 책 안 드렸어요? 어쩌다 책을 내면
노모께 먼저 가져다드리곤 했는데 아이들을 위한 책이어서
따로 안 챙겨드린 모양이다 아차 싶어, 마침 가방에 있는 책
을 꺼내 노모께 드린다

　자정이 가까워지는 시간, 노모도 나도 제각기 방에 든다
불을 끄고 누워 잠을 청하는데 난데없이 글 읽는 소리 들려
온다 곧 주무시겠지, 떠듬떠듬 또박또박 노모의 책 읽는 소
리는 점점 또랑또랑해진다 엄니, 안 주무시고 뭐 허신다요?
물으려던 물음을 삼키고 엄마 어린이가 글 읽는 소리 오래
오래 듣는다

쪼맨허게 읽었는디 드키더냐?

봄 미나리

내 사는 집 아래에는 작은 방죽이 하나 있다

예전엔 다랑논이었으나 이제는
질척대는 흙이나 담고 있는 방죽,
한동안은 이장님이 가물치를 키우기도 했다

가시덤불이 우거져서
아무도 들어가지 않는 방죽,
사람 발길이 아주 멀어지자
방죽은 미나리를 키우기 시작했지만
가시덤불이 어지간히 우거져서
누구도 들어갈 엄두를 내지 못했다

하루는 텃밭 모종을 하다가
윗집 할매가 가시덤불 틈으로
들어가다 돌아가는 걸 보고는
처마 밑에 걸어두었던 낫을 챙겼다

처음엔 손등만 긁혔으나 점차

팔목과 목덜미며 얼굴까지 가시에 긁혔다
낫으로 덤불을 내리치다가 검지를 찍기도 했다

그래, 끝장을 보자
가시덤불이 가고 봄밤이 왔다

두어날 뒤 점심 무렵,
밥상 차려 한숟갈 뜨려는데
윗집 너디 할매가 왔다
입에 맞을랑가 모르겄네 잉, 할매 손에는
미나리무침 한대접이 들려 있었다

되찾아야 할 마음의 기술들

오연경

시인의 마음 농사

　디지털화가 급속하게 진행되는 현대사회에서 우리를 둘러싼 것들과의 상호작용은 표준화된 신호나 자동 인식 장치와 같은 기술에 의존하고 있다. 디지털 기술은 효율과 편리를 위한 혁신적 도구로 환영받고 있지만, 그것이 진짜로 하는 일은 마음의 개입과 작용을 대체하는 것이다. 디지털 기술은 마음을 쓰거나 주의를 기울이는 데 들이는 에너지를 최소화하도록 인간과 인간, 인간과 사물 사이를 매개하고 연결한다. 디지털 시스템이 스마트한 일상을 약속하며 진화하는 사이 인류가 생존을 위해 개발해온 가장 오래된 기술, 마음이라는 기술은 점점 퇴화하고 있다. 타자와의 공존이 생존에 필수적인 인간에게 마음은 각 문화권의 고유한 맥락 속에서 서로를 알아차리고 돌보는 방식을 공유하면서 더 나은 공동의 삶을 만들어온 근본 기술이다. 그러나 자유주의라는 현대의 신화는 마음을 개인의 사유지에 고립시켰고 과학기술에 대한 맹신은 세상을 변화시키는 마음의 역량을 왜소한 것으로 만들었다.

  박성우의 『남겨두고 싶은 순간들』은 현대인이 잃어버린 마음의 기술이 어떤 것인지, 그것이 우리의 삶을 어떻게 살 만하게 만들어주는지 생생하게 그려 보인다. 언뜻 보기에 그의 시는 과거의 삶의 방식에 대한 향수나 복잡한 현실과 동떨어진 세상을 그리고 있는 것처럼 느껴진다. 그런데 시가 이끄는 곳으로 천천히 따라가보면 그 세계는 지나가버린 옛날도, 멀리 있는 비현실적인 장소도 아님을 알게 된다. 우리가 이 시집에서 마주하는 것은 지금 이곳에 깃들어 있지만 좀처럼 주목받지 못하는 삶의 방식, 드물지만 엄연히 실재하는 다른 삶의 가능성이다. 이것이 바로 도시살이와 시골살이를 오가며 시인이 수집한 '남겨두고 싶은 순간들', 지금 여기의 삶 속에서 사라지지 않고 지속되기를 바라는 현재들이다. 과학기술과 첨단 시스템에 삶을 맡기고 표준화된 자본주의적 생활양식을 좇느라 잃어버린 이 땅의 오래된 미래가 여기에 있다. 이곳의 거주자들이 오랫동안 기대어 살아왔던, 그리고 앞으로도 그렇게 살아갈 더 나은 삶의 씨앗을 꼭꼭 눌러 심는 시인의 마음 농사를 따라가보자.

땅과 연결된 마음

『남겨두고 싶은 순간들』에는 도시살이와 시골살이, 둘 사이를 왕래하는 삶의 모습이 담겨 있다. "결혼한 뒤로 서울과 아랫녘을 오가며 살고 있"(「방문」)는 시인의 실제 삶이 그러하거니와, 덕분에 늘 분리된 것으로 인식되는 두 삶터를 하나의 연결된 세상으로 조망하게 된 것은 우리에게 커다란 행운인지도 모른다. 물론 이는 우연한 삶의 형태로 인한 것만이 아니라 도시에서든 시골에서든 땅과 이어진 감각을 간직하고 있는 시인의 성정 때문이기도 하다. 시인은 친구네 감자밭에 물을 주러 가며 "왜 이렇게 마음이 출렁이지?"(「감자」) 자문하는 사람, 메밀꽃밭에서 솟구쳐 오르는 배추흰나비떼를 보며 "하얗게 일렁이는 마음"이 "멈추지 않"(「메밀꽃밭」)는 사람이다. 이처럼 땅에 다가가면 마음이 먼저 반응하는 것은 타고난 성정이지만 땅을 가까이하며 살려는 것은 삶의 태도이자 단단한 신념이다.

　　하긴 서울에 사는 나도 농사 시늉을 하긴 했다
　　어쩌다 한번씩 쉬는 주말을 기다렸다가
　　베란다 화분에 풋것을 심는 일로 위안 삼았다
　　깻잎을 매달던 키 작은 들깨 줄기 몇은
　　어설프게나마 들깨를 품어 익히기도 했다

추석이 끝난 뒤로도 주말 근무는 이어졌지만
나는 가까스로 들깨 줄기를 잘라 말릴 수 있었다
얼마 만에 쉬어보는 주말이지? 작은 막대기로
들깨를 털어보는 재미가 제법 쏠쏠했다
한말도 아니고 한됫박도 아니고 겨우
한종지나 될 법한 들깨를 수확하고 나니
여간 뿌듯한 마음이 드는 게 아니었다

그래, 시골살이든 서울살이든 깨가 쏟아져야 살 만하지
나는 사직서를 내야겠다고 마음먹었다
　　　　　　　　　　　　　　　　　—「살 만한가」 부분

　화자는 콘크리트에 덮인 도시에 살면서도 "베란다 화분
에 풋것을 심는 일로 위안"을 삼을 정도로 땅과 호흡하는 일
에 간절하다. 그 간절함은 다른 것도 아닌 들깨를 심어놓고
"어쩌다 한번씩 쉬는 주말"을 이용해 "한종지나 될 법한 들
깨를 수확"하는 장면에서 잘 드러난다. "내 몸도 내 정신도
조금 더 지워져서"(「주말」) 돌아오는 직장의 일과 달리 "농
사 시늉"일지언정 "뿌듯한 마음"을 느끼는 화자에게 살 만
한 삶은 땅과 흙에 가까운 삶이다. "그래, 시골살이든 서울
살이든 깨가 쏟아져야 살 만하지"라는 확신은 몸과 마음이
일러준 삶의 방향인 것이다.
　흔히 자연은 외진 시골이나 어딘가 저 너머에 외따로이

존재하는 것으로 생각하지만 땅과 하늘과 그 사이의 사물과 생명체들은 도시와 시골을 가리지 않고 이어져 있다. 「보리나방」과 「쌀나방」은 이러한 당연한 사실을 웃음기 가득하게 보여준다. "새싹비빔밥도 해 먹고/보리된장국도 끓일 거라며" 들여놓은 "겉보리 한자루"(「보리나방」), "몸에도 좋고 밥맛도 좋을 거라는" 말에 "두 포대나 배달시"(「쌀나방」)킨 무농약 쌀에서 예기치 않은 생명체가 출현했다. '보리나방' '쌀나방'이라는 이름에서도 알 수 있듯 보리와 쌀은 인간의 먹거리일 뿐 아니라 나방 애벌레의 서식처이기도 하다. 도시에 사는 사람 입장에서 나방은 "비명과 얼룩의 열기"(「보리나방」)를 만들어내는 낯설고 불편한 존재이지만 나방의 출현은 도시라고 해서 생태계와 차단된 인공 환경이 아니라는 것을 알려준다. 나방과의 잦은 조우에 난감해진 화자가 "나방을 먹고 사는/작은 새 한마리를 키우고만 싶어진다"(「쌀나방」)라고 한탄하는 장면에서는 도시 중심적 사고가 아닌, 도시가 안겨 있는 생태계 전체를 생각하는 시인의 마음을 엿볼 수 있다.

한편 박성우 시인은 우리의 몸이 땅에서 난 것들로 채워지며 그것들이 마음에까지 닿는다는 것을 보여준다. "사는 일 허하니 속도 허"할 때 머위를 뜯어 와 "외롭다는 말이나/허망타는 푸념 따위도 조물조물" 같이 무쳐 먹으며 "그래 뭐 별거 있간디, 맹숭맹숭"(「머위」)하게 마음을 달래기도 한다. 또한 시인은 강가에서 주운 질그릇 조각에서 흙과 강물과 한 사람의 세월이 지나간 흔적을 읽어내며 본래의 쓸모를 다한 것을 마음에 담아 집으로 가져온다. 그리고 "책갈피로도 문진으로도 쓰기 좋은" 그것을 "가만가만 만져보다가" "마음을 순하게 할 적에도 여간 요긴한 게 아니"(「질그릇 조각」)라는 것을 깨닫는다.

그런가 하면 땅에서 자라는 것들은 사람과 사람의 마음을 이어주기도 한다. 먼 곳으로 이사하게 된 후배와 "더 자주 연락하자고" "더 가깝게 지내자고"(「안부」) 몇번이나 다짐했던 약속보다 더 확실한 것은 선물로 보낸 모종의 개화 소식이다. 때가 되면 어김없이 피어나는 벌개미취꽃과 구절초꽃 덕분에 "우리는 일년에 한두번은 연락하는 사이로/지낼 수 있게"(같은 시) 된다. 이처럼 땅과 연결된 마음은 살 만한 삶을 알아보는 눈이기도 하고 삶을 더욱 살 만하게 만들어주는 힘이기도 하다. 새로 살게 된 낯선 동네의 미용실에 갔다가 "비 오니까 문 열어드릴까예"라는 정겨운 말을 들었을 때 화자는 "이 도시에 몸 붙이고 살 만하겠다"(「아라미용실」)라고 생각한다. 저 한마디에는 인간의 일과 자연의 일을 경계 없이 열어두고 서로 물들이며 살아가는 순하고 아름다운 마음이 담겨 있기 때문이다.

알아차리기, 움직이기

마음의 기술의 정점은 다른 이들의 감정, 생각, 행동에 주의를 기울이고 예측하면서 서로의 마음을 나눠 쓰는 데 있다. 특히나 마음은 효율성과는 전혀 다른 동기, 가령 기쁨이나 보람과 같은 피드백에 민감하게 반응하지만 결과적으로 공동체의 효율성을 끌어올린다. 타인의 필요를 감지하고 감정을 살피고 기민하게 움직이는 마음의 기술은 유전적 진화나 윤리 의식에 의한 것이 아니라 우리를 둘러싼 것들과의 관계성에 기인한 것이다. 이 시집의 첫 시는 마음이 작동하는 관계성의 본질을 선명하게 드러낸다.

그대에게 빈틈이 없었다면
나는 그대와 먼 길 함께 가지 않았을 것이네
내 그대에게 채워줄 게 없었을 것이므로
물 한모금 나눠 마시며 싱겁게 웃을 일도 없었을 것이네
그대에게 빈틈이 없었다면
　　　　　　　　　　　　　　　—「빈틈」 전문

이 시에서 말하는 '빈틈'은 상대방의 허술하거나 부족한 점이 아니라 삶의 맥락 속에서 생겨난 틈, 그대의 눈길과 손길이 다른 곳을 향하느라 잠시 돌보지 못한 공간 같은 것이

다. 그러니까 빈틈은 그대의 고정된 속성이라기보다는 그대와 나의 관계 속에서 생성되는 유동적인 자리, 내가 채워줄 수 있는 게 무엇인지를 살피고 알아차리려 애쓰는 마음이 흘러가 고이는 자리이다. 이 시의 그대와 나는 "먼 길 함께" 갈 사랑하는 사이로 보이지만, 사실 박성우의 시에서 대부분의 사람들은 도시와 시골을 막론하고 이와 같은 빈틈과 채움의 관계를 형성하며 살고 있다. 이 시집에 풍성하게 모여 있는 다정한 에피소드들에는 주변의 빈틈을 알아차리는 마음과 그것을 채우는 분주한 움직임이 마치 연출 없는 춤처럼 자연스럽고 리드미컬하게 펼쳐져 있다.

시골집의 이웃들이 온갖 먹을거리를 문고리에 걸어놓고 가는 통에 "나는 또 어떤 답장을 보내야 하나?"(「행복한 답장 걱정」) 행복한 걱정을 하는 시에서는 정겨운 사투리와 함께 오가는 물건들의 향연이 현란하다. 그런데 이는 정 많고 먹을거리 흔한 시골에서만 일어나는 일이 아니다. 십여년 동안 일하다 그만두게 된 아파트 경비 어르신에게 "영양제 한 통"을 가져다드린 화자는 "한번 안아봐도 돼요?"(「방문」)라고 묻고 어르신을 안아드린다. 십년 넘게 일한 곳을 떠나는 어르신의 '빈틈'이 짐작되어서, 잠깐의 포옹으로라도 채워드리고 싶은 마음이 시킨 일이리라. 마음의 일은 사람과 사람 사이에서만 일어나는 것도 아니다. 창문 앞으로 찾아와 "먹을 걸 내놓으라" 조르는 고양이와 "오후 세시"(「오후 세시」)를 약속한 사이가 된 것, "꼬리 굽은 고양이와 허리 굽은 노모"가 "앞서거니 뒤서거니"(「단짝」) 동행하는 단짝이 된 것은 사람과 동물 사이에도 서로의 사정을 알아차리고 응답하는 마음이 통했기 때문이다.

이처럼 마음을 채워주는 행위에서 오가는 것은 '상품'이 아니라 '선물'이다. 마음은 시장 자본주의의 교환과는 다른 증여의 원리를 따른다. 증여는 사물을 매개로 이루어지지만 그것의 가치는 사물 자체의 것이 아니라 거기에 담긴 의미나 감정, 측정할 수 없고 비교 불가능한 인격적인 것이다. 아무런 대가도 바라지 않는 증여는 사물의 매개 없이도 이루어진다. 앞을 보지 못하는 "우시몬 할아버지"가 화자를 위해 "하루도 안 빼먹고 날마다 기도"한 것은 일년 만에 만나도 "단박에 나를 알아보"(「어떤 대답」)는 관계를 지속해온 힘이 된다. 마음이 관여하는 일에서는 말보다 행동이 앞서고 눈에 보이지 않는 것들이 눈에 보이는 변화를 가져온다. 마음이 가진 이러한 실천력은 "누구라도 하면 되제요"(「연밭 경전」)라는 말에 잘 드러나 있다. 내 것과 네 것, 나와 나 아닌 것을 뚜렷하게 구별하지 않고 이로움과 기쁨의 소유권을 개별적으로 주장하지 않는 호혜적 실천이야말로 마음의 기술이 지닌 탁월함이다.

산책을 마치고 돌아오는 길이었다
늙은 개의 목줄을 잡고 걷던 어르신이
문득 걸음을 멈추는가 싶더니

남의 집 고구마밭으로 들어섰다
무슨 일이시지? 개를 세워두고
밭 안쪽으로 몇걸음 옮겼다 나온
어르신의 손에는 환삼덩굴이 들려 있었다
그냥 놔두면 무성한 가시 줄기를
거침없이 키워나갈 덩굴풀,

남의 집 밭고랑에 들어가
풀 한포기 뽑아 나오는 마음이
내 마음으로 들어오는 아침이었다

──「아침의 일」 부분

 "남의 집 밭고랑에 들어가/풀 한포기 뽑아 나오는 마음"
은 환삼덩굴이 밭 주인에게 초래할 곤란함을 알아차리는 마
음이며 알아차린 것을 그냥 지나치지 않고 개입하는 마음이
다. 사소한 일 하나에도 마음을 다해 움직이는 이러한 실천
력을 시인은 "매우 중요한 참견"(「매우 중요한 참견」)이라 부
른다. 개인주의가 극단화된 현대사회에서 자기와 관계없는
일에 끼어드는 것은 선을 넘는 행위로 비난받지만, 이 시에
서 남의 집 일에 참견하는 어르신의 마음은 오히려 선을 넘
어 화자의 마음으로 들어온다. 마음의 기술의 또다른 탁월
함이 바로 이 전염성에 있다. 갑자기 내리는 소나기에 "후다
닥후다닥 왜틀비틀, 고추 걷으러 몰려오"(「백중, 소나기맹키

로」)는 마을 사람들처럼, 한 사람의 마음은 여러 사람의 마음으로 번지고 퍼져 공동체의 집단적 마음이 된다. 정류장 아닌 곳에서 "늘 타던 마을버스 문이 열"리고 "기사님의 손짓이 이어"(「어떤 아침」)질 때, 잘못 배달 온 "쌀자루를 둘러메"고 "후들후들 옆 동으로 옮겨"(「부안 계화도 쌀」)다 줄 때, 저마다 마음을 사용하여 공동체에 참견하고 있는 것이다. 현대적인 교통 시스템 이전에 매일 버스 타는 사람을 알아보는 마음이, 편리한 서비스 센터 대신에 기다리는 사람을 생각하며 직접 움직이는 마음이 내일의 아침을 더 환하게 밝혀줄 것이다.

마음에 들리는 소리

박성우의 시를 읽으면 순하고 따뜻한 사람들의 이야기에 미소를 짓게 되는데, 우리의 입꼬리가 조금 더 올라가는 건 그의 시의 언어적 특징인 자연스러운 입말과 사투리의 구사 덕분이다. 오래전 손과 입에서 분리된 말이 디지털 정보통신 산업의 표준화된 화폐로 전환되고 있는 오늘날 언어의 현장성에 밀착하여 살아 있는 말의 힘을 구현하는 시의 본래 사명은 더욱 긴요한 것이 되었다. 박성우 시인은 구어체 대화나 지역 사투리뿐 아니라 음성상징어를 적극적으로 활용하여 개성적인 말맛을 성취해왔다. 이는 지역의 고유한 삶과 맥락이 누적된 입말에 대한 애정과 존중에서 비롯된 것이다. 살아 있는 공동체의 말을 공들여 재현한 언어는 먼저 생생한 목소리로 살아나고 그다음 서서히 마음에 스민다.

여차여차하여 두어달 전에 낸 책 얘기를 꺼내는데 노모는 알아듣지 못한다 제가 그 책 안 드렸어요? 어쩌다 책을 내면 노모께 먼저 가져다드리곤 했는데 아이들을 위한 책이어서 따로 안 챙겨드린 모양이다 아차 싶어, 마침 가방에 있는 책을 꺼내 노모께 드린다

자정이 가까워지는 시간, 노모도 나도 제각기 방에 든다 불을 끄고 누워 잠을 청하는데 난데없이 글 읽는 소리 들려온다 곧 주무시겠지, 떠듬떠듬 또박또박 노모의 책 읽는 소리는 점점 또랑또랑해진다 엄니, 안 주무시고 뭐 허신대요? 물으려던 물음을 삼키고 엄마 어린이가 글 읽는 소리 오래오래 듣는다

쪼맨허게 읽었는디 드키더냐?

——「드키는 소리」 부분

이 소박하고 정겨운 시는 노모의 "글 읽는 소리"로 꽉 차 있다. "떠듬떠듬 또박또박"에서 "또랑또랑"으로 변해가는 노모의 목소리가 옆에서 들리는 것만 같다. "자정이 가까워

지는 시간"에 잠도 물리고 아들의 책을 소리 내어 읽는 노모의 기꺼운 마음을 생각하면 슬며시 웃음이 나기도 한다. 노모의 책 읽기를 말리려다 관두고 "엄마 어린이가 글 읽는 소리 오래오래 듣는" 화자의 모습에서도 고요한 다정이 느껴진다. 그러나 이 시의 백미는 마지막 행, "쪼맨허게 읽었는디 드키더냐?"라는 노모의 말에 있다. 이 말이 불러일으키는 정서는 문장의 의미가 아니라 '엄니'의 사투리를 그대로 재현한 말맛에서 온다. '들리다'의 방언인 '듣기다'에 특유의 변형이 가해진 노모의 발음을 따서 이 시의 제목은 '드키는 소리'가 되었다. 그것은 아무리 조그맣게 말해도 들키는 소리, 마음에는 크게 들리는 소리, "말하지 않고도 많은 말을"(「말하지 않고도 많은 말을」) 한 셈인 소리, 그러니까 마음과 마음으로 뜻이 통하는 시의 소리인 것이다.

시집을 다 읽고 나면 '여기에 갈등과 분쟁으로 가득한 진짜 현실이 과연 존재하는가'라는 질문이 남을 수 있다. 우리는 이기심이 인간의 본질이라는 것을 가장 쉽게 인정하며 선하고 아름다운 세계에 대해서는 의심이 많다. 그러나 세상이 나아질 수 있다는 것을 믿지 않는 마음이 지금 이곳의 좋은 삶을 보지 못하게 하고 지금 이루어지고 있는 실천들의 가능성을 깎아내린다.『남겨두고 싶은 순간들』에는 먼 미래에 도래할 유토피아가 아니라 지금 여기에서 살아내고 있는 다른 현재, 더 나은 세상을 만들기 위해 지금 실현 중인 삶의 방식이 그려져 있다. 갈등과 분쟁으로 가득한 현실뿐 아니라 상호돌봄과 호혜적 관계로 유지되는 현실도 우리 곁에 있다.

"눈 뭉치는 눈싸움이 될 수도 있고/큰 싸움이 될 수도 있고/작고 예쁜 눈사람이 될 수도 있다"(「백련 백년」). 당신은 어떤 가능성을 선택하겠는가? 주저하지 말고 "내가 들고 있는 눈 뭉치 위에/네가 들고 온 눈 뭉치를" 올려보라. 이것은 박성우의 시가 우리의 삶에 참견하는 아름다운 명령이다.

吳妍鏡 | 문학평론가

사는 일 알 수 없다.
그간 나는 생각지 않던 길을 걸었다.

다섯시 이십분에 일어나 출근하는 생활을 했고
지방으로 가서는 이십분을 더 잘 수 있었다.

나를 중심에 두고 살지 않았기에 역설적으로
더 많은 것을 생각하고 느끼며 깊어져갔다.
이상하리만큼 시에 기대고 싶은 마음이 커졌고
적요한 밤이 오길 기다렸다가 시를 만나곤 했다.

오래 간직하고 싶은 일상의 소소한 순간들이
나를 살아가게 하는 힘과 기쁨이 되어주었던가.
아무것도 아닌 것만은 아닌 순간들이 다시금
영화 속 빗줄기처럼 빛줄기처럼 선명하게 지나간다.

부디 어둠에서 빛으로 전해지기를
부디 마음에서 마음으로 전해지기를

2024년 여름
박성우

창비시선 507

남겨두고 싶은 순간들

초판 1쇄 발행 / 2024년 7월 26일

지은이 / 박성우
펴낸이 / 염종선
책임편집 / 이진혁 박문수
조판 / 박지현
펴낸곳 / (주)창비
등록 / 1986년 8월 5일 제85호
주소 / 10881 경기도 파주시 회동길 184
전화 / 031-955-3333
팩시밀리 / 영업 031-955-3399 편집 031-955-3400
홈페이지 / www.changbi.com
전자우편 / lit@changbi.com

ⓒ 박성우 2024
ISBN 978-89-364-2507-4 03810